Einaudi Stile libero

Dello stesso autore nel catalogo Einaudi

Il petalo cremisi e il bianco
Sotto la pelle

Michel Faber
A voce nuda

Traduzione di Giovanna Granato

Einaudi

Titolo originale *The Courage Consort*

www.einaudi.it

ISBN 88-06-17348-0

A voce nuda

A tutti coloro che cantano di gusto e con coraggio,
e a chi vorrebbe tanto riuscirci.

I miei ringraziamenti vanno, come sempre, a Eva, soprattutto per l'aiuto nel creare i personaggi di Ben e Dagmar

Il giorno in cui arrivò la buona notizia, Catherine trascorse le prime, poche ore dal risveglio trastullandosi con l'idea di buttarsi dalla finestra del suo appartamento. Trastullarsi è forse un termine troppo blando; in realtà aprí la finestra e si sedette sul davanzale, chiedendosi se quattro piani bastassero a garantirle la morte. Non contemplò l'eventualità della tetraplegia: odiava gli ospedali, con quella loro sintesi di noia e trambusto. Meglio dritti alla tomba. Se solo avesse potuto piombare da mille piani d'altezza, forse il corpo si sarebbe addirittura seppellito da solo al momento dell'impatto con il terreno morbido e spugnoso.

– Buone notizie, Kate, – disse il marito senza alzare la voce, nonostante fosse rintanato nello studio a leggere la posta del giorno.

– Davvero? – fece lei, premendo una mano contro le pieghe della vestaglia per impedire al vento gelido di continuare a soffiarle nello spazio fra i seni.

– Le due settimane di prove a Martinekerke si faranno.

Catherine guardava il terreno sottostante. Una mezza dozzina di bambini dai vestiti colorati gironzolavano per il parcheggio, e lei si chiese perché mai non fossero a scuola. Poi si chiese come avrebbero reagito vedendo una donna cadere, apparentemente dal cielo, e scoppiare come un grosso frutto proprio sotto i loro occhi.

A quel pensiero sentí una misteriosa sostanza chimica naturale affluire goccia a goccia nell'organismo, un'iniezione molto piú efficace dei suoi antidepressivi.

– Caro, è… è festa a scuola? – disse forte rivolta a Roger, scivolando giú dal davanzale per tornare sul tappeto. Il pelo berbero sembrava bollente a contatto con i piedi scalzi e gelidi, come appena uscito da un'asciugatrice. Fatto qualche passo, si accorse di essere insensibile dalla vita alle ginocchia.

– A scuola? Non chiederlo a me, – rispose il marito, con una punta di esasperazione non mitigata dal filtro delle pareti. – Dal sei al venti luglio.

Catherine zoppicò fino allo studio, passandosi le dita tra i capelli scompigliati.

– No, no, – disse, facendo capolino da dietro la porta. – Oggi. È festa oggi a scuola?

Roger, seduto come sempre alla scrivania, alzò lo sguardo dalla lettera che aveva in mano. Sbirciò da sopra gli occhiali da lettura poggiati sulla punta del naso con fare tollerante. La pancia digitale del suo pc emise un discreto *blurp*.

– Non ne ho la piú pallida idea, – disse. A cinquantadue anni, veterano dai capelli grigi di un matrimonio rimasto scrupolosamente senza prole per tre decenni, riteneva ovviamente di essersi guadagnato il diritto a trascurare certe inezie. – Perché?

Lei, che l'aveva già dimenticato, fece spallucce. La vestaglia le scivolò giú dalle spalle nude, facendo scattare all'insú un sopracciglio del marito.

In quello stesso istante, Catherine si accorse che *lui* non era piú in pigiama, ma si era vestito con cura e di tutto punto. Riannodando la vestaglia, si sforzò di ricordare come lei e Roger fossero riusciti ad avviare con tanta disparità la loro giornata. Si erano svegliati insieme quella mattina? Anzi, avevano dormito insieme o era stata una di quelle notti in cui lei si raggomitolava nella camera degli ospiti ad ascoltare il canto piano e sommesso dei cd di Roger attraverso il muro in attesa del silenzio? Non riusciva a ricordarlo; i giorni si affastellavano nella sua mente. La notte appena trascorsa era già lontanissima.

Sfoggiando un sorriso, scrutò la scrivania in cerca della tazza preferita dal marito senza riuscire a individuarla.

– Metto il bollitore sul fuoco, va bene? – si offrí.

Lui estrasse dal nulla la sua tazza di caffè bollente.

– Sarebbe meglio qualcosa da mangiare, – disse.

Deciso a comportarsi normalmente, Roger prese il telefono e fece il numero di Julian Hind.

Scattò la segreteria telefonica, e la penetrante voce tenorile di Julian intonò: – *Be-elzebub has a devil put aside for me-e-e... for me-e-e... for meeeeeee!* – toccando gigionescamente punte da soprano senza nulla perdere in volume. Roger aveva ormai imparato a tenere la cornetta lontana dall'orecchio per tutta la durata dell'esibizione.

– Salve, – disse poi la voce, – sono Julian Hind. Se avete un diavolo in serbo per me, o qualunque altra cosa, lasciate un messaggio dopo il segnale acustico.

Roger lasciò il messaggio, sapendo che con tutta probabilità Julian era lí, accanto al telefono, la testa dalla frangetta floscia china da un lato, in ascolto.

Subito dopo, Roger fece il numero di Dagmar. Squillò a lungo prima che lei rispondesse, e Roger si chiese se non fosse di nuovo assente ingiustificata. Avrebbe fatto meglio ad andarci piano con l'alpinismo, date le circostanze!

– Sí? – rispose Dagmar alla fine, l'accento tedesco che impregnava anche una parola cosí piccola. Non sembrava in vena di chiacchiere.

– Ciao, sono Roger, – disse lui.

– Roger chi? – Le vocali avevano le sonorità di una tromba, anche al telefono.

– Roger Courage.

– Ah, ciao, – fece lei. A un tratto le parole risultavano incomprensibili, coperte da strani fruscii: doveva aver incastrato la cornetta tra la mascella e la spalla. – Ho appena finito di parlare con un Roger. Cercava di vendermi un'attrezzatura termale da alpinismo per una cosa come un milione di sterline. Non mi sembravi lui.

– Lo spero bene, – disse Roger, mentre il ciangottio del bimbo di Dagmar cominciava a borbogliare nel suo orecchio. – È per quelle due settimane a Martinekerke.

– Fammi indovinare, – disse Dagmar, con quella sfiducia allegramente sprezzante per lo Stato – qualsiasi Stato – che le veniva quasi naturale. – Ci diranno che bla bla, il taglio dei fondi, l'aria che tira, sono spiacenti…

– Be', no, a dire il vero la cosa si farà.

– Ah. – Sembrava quasi delusa. – Magnifico. –

Poi, prima di riattaccare: – Non dobbiamo per forza viaggiare insieme, vero?

Dopo un sorso di caffè, Roger telefonò a Benjamin Lamb.

– Ben Lamb, – tuonò l'omaccione in persona.

– Ciao, Ben. Sono Roger. Le due settimane a Martinekerke si faranno.

– Bene. Dal sei al venti luglio, giusto?

– Sí.

– Bene.

– Bene... Allora ci vediamo al terminal.

– Bene. Ciao.

Roger ripose la cornetta e si appoggiò allo schienale della poltrona girevole. La partitura del *Partitum Mutante* di Pino Fugazza, che prima delle telefonate baluginava sul monitor del pc in tutta la sua diabolica complessità, era ora sostituita da un salvaschermo. Una sfera colorata rimbalzava nell'oscurità dello spazio, esplodendo in fulgidi frammenti, per poi ricomporsi in un'altra tonalità, a ripetizione.

Roger diede un colpetto al mouse con una delle dita lunghe e forti. L'intricata griglia di note di Pino Fugazza balzò fuori dal buio, illuminando lo schermo. Il cursore era dove l'aveva lasciato, esitante sotto qualcosa che secondo Roger non era umanamente possibile cantare.

– La minestra è servita, – disse Catherine, entrando nella stanza con una ciotola di terracotta fumante fra le mani. La depose sulla scrivania a una bella distanza dalla tastiera, come le era stato insegnato. Lui la osservò mentre si chinava; aveva indossato una T-shirt sotto la vestaglia.

– Grazie, – le disse. – Sono rimasti dei panini?

Lei abbozzò un ghigno imbarazzato, portandosi una ciocca dei capelli mezzi grigi dietro l'orecchio.

– Ho appena provato a scaldarli nel microonde. Non so cos'è andato storto. Sembra che la loro struttura molecolare si sia completamente alterata.

Lui sospirò, girando la minestra con il cucchiaio.

– Tra i cinque e i dieci secondi, non serve di piú, – le ricordò.

– Mm, – fece lei, l'attenzione che già vagava fuori dalla finestra sopra la spalla di Roger. Per quanto meticolosa in materia di tempi musicali, ultimamente aveva grossi problemi, nella cosiddetta vita normale, a distinguere dieci secondi da dieci anni.

– Mi auguro proprio che questo castello sia un posto *allegro*, – mormorò, mentre lui cominciava a mangiare. – Dovrebbe esserlo, non trovi? Per indurre persone della nostra levatura ad andarci.

Roger la rassicurò con un grugnito, la faccia leggermente arcana al bagliore del monitor attraverso il vapore della minestra.

Il Coro Courage di Roger Courage era, senza tema di esagerare, il settimo ensemble vocale piú famoso del mondo. Di sicuro era piú intransigente rispetto ad alcuni fra i gruppi piú celebri: non era mai sceso cosí in basso da accompagnare i sassofonisti New Age con salmodie rinascimentali, o da gorgheggiare le solite cantilene di Lennon-McCartney nei concerti alla Royal Albert Hall.

Un dato di fatto noto a pochi era che, di tutti gli ensemble puramente vocali del mondo, il Coro Courage vantava la percentuale piú alta di brani contemporanei nel suo repertorio. Mentre altri adottavano una dieta a base di successi antichi facendo sporadiche incursioni nel Ventesimo secolo, il Coro Courage era sempre pronto ad accogliere la sfida lanciata dall'avanguardia. Nessuno aveva eseguito la *Stimmung* di Stockhausen con altrettanta frequenza (quattro volte a Monaco, due a Birmingham e una, memorabile, a Reykjavik) e accettava sempre di buon grado l'invito ad affrontare nuove opere di compositori promettenti. Poteva rivendicare a buon diritto un'amicizia con l'ultima generazione – anzi, due dei componenti erano meno che quarantenni, e Dagmar Belotte aveva solo ventisette anni. Impavidamente lungimirante, il Coro aveva già firmato un contratto con il Festival di Barcellona del 2005 per cantare un'opera bellicosamente post-millenaristica dal titolo *2K + 5* composta dall'*enfant terrible* della musica vocale spagnola, Paco Barrios.

E adesso, al gruppo venivano concesse due settimane di prove in un castello settecentesco nel Belgio rurale, per prepararsi a sguinzagliare l'impressionante *Partitum Mutante* di Pino Fugazza in un mondo ignaro.

Arrivati al sei luglio, se l'aria del primo mattino inglese era ancora pungente, il mezzogiorno belga risultava decisamente soffocante. Il messaggio inviato da Dio sembrava essere che il Coro Courage non doveva lasciarsi ingannare dalla brevità del tragitto aereo e ferroviario né dalla minima differenza di latitudine: avevano oltrepassato un confine che separava due mondi a sé stanti.

Nel parcheggio di acciottolato fuori dalla stazione di Duidermonde li aspettava un minibus a undici posti, la carrozzeria giallo banana che scintillava al sole. Al posto di guida, dietro un paio di strepitosi occhialetti tondi, un giovanotto elegante occhieggiava a caccia di cantanti inglesi. Era Jan van Hoeidonck, il direttore del Benelux Contemporary Music Festival. Individuati i suoi ospiti che scendevano dal treno troppo infagottati, fece lampeggiare gli abbaglianti del minibus a mo' di benvenuto.

– Il Coro Courage, sí? – urlò dal finestrino laterale del veicolo, quasi ad assicurarsi che non fosse un'altra banda di viaggiatori dall'aspetto straniero quella che trascinava i bagagli oltre le transenne dei binari.

Dall'alto della sua stazza, Benjamin Lamb agitò la mano in segno di saluto. Sorrideva sollevato nel vedere che non c'erano tornelli dentro i quali strizzarsi: la maledizione della sua vita di viaggiatore. Le proporzioni ragguardevoli della sua obesità erano la caratteristica precipua del Coro Courage anche se, quando qualcuno che non li aveva mai visti chiedeva come riconoscerli, Roger si limitava diplomaticamente a consigliare: «Cercate un uomo con i capelli grigio argento e gli occhiali»... lui, naturalmente.

– Ma non dovevate essere in cinque? – chiese il direttore mentre Roger, Catherine, Julian e Ben si avvicinavano alla fiancata del minibus.

– Infatti, – disse Roger, aprendo lo sportello scorrevole e caricando a bordo l'enorme valigia della moglie. – Solo che il nostro contralto viaggia con i propri mezzi.

Jan van Hoeidonck tradusse quell'espressione in olandese all'istante, e si rilassò al posto di guida mentre il Coro caricava i suoi averi. Catherine pensò che aveva l'aria di un giovanotto intelligente e alla mano, ma la colpí vederlo tutt'altro che interessato a scendere e aiutarli. *Sono in un paese straniero*, si disse. Non le era parso reale fino a quel momento. In aereo e in treno dormiva sempre come un cadavere, dal momento della partenza all'istante dell'arrivo.

Dopo aver caricato il proprio bagaglio accanto a quello della moglie, Roger si portò senza pensarci sulla parte anteriore del veicolo e montò accanto al direttore. Non si prese la briga di interpellare nessuno. Era fatto cosí.

Catherine salí sul pulmino giallo banana insieme ai componenti del Coro Courage. In puro stile britannico, si sedettero tutti quanto piú possibile distante dagli altri, distribuendosi nei nove posti disponibili con precisione matematica. Vero è che a Ben Lamb servivano due posti, dati i suoi centotrenta chili di carne.

Catherine lanciò un'occhiata trasversale a Julian. Erano tre mesi che non lo vedeva, almeno cosí le aveva detto Roger. Sembravano piú di tre anni. Di profilo, la faccia altezzosa dalle palpebre pesanti, i capelli neri all'ultima moda e gli zigomi classici lo facevano sembra un divo del cinema, stessa aria da canaglia giovane e scocciata. Avrebbe potuto essere il fratello maggiore che Catherine non aveva mai avuto, il tipo arrogante sempre pronto a buttarsi nelle intemperanze dell'età adulta con aria di sufficienza, pur non riuscendo mai a eclissare del tutto il bimbetto con i calzoni corti e un taglio di capelli dozzinale che lei serbava nel ricordo. Eppure aveva solo trentasette anni, dieci meno di lei.

Mentre il pulmino si allontanava dalla stazione, Catherine rifletté sul fatto che si sentiva quasi sempre molto piú giovane degli altri, a meno che non fossero chiaramente minorenni. Non era vanità la sua; era senso di inferiorità. Tutti avevano superato il passaggio all'età adulta tranne lei. Aspettava ancora che arrivasse il suo turno.

Jan van Hoeidonck parlava con suo marito sul sedile anteriore. A sentire il direttore, sembrava che promuovesse eventi culturali dai tempi della Seconda guerra mondiale. Ma del resto avevano tutti lo stesso tono, pensò Catherine, tutti quei giovani amministratori pieni di sé. Il tizio del Barbican non era da meno: nato troppo tardi per ricordare i Beatles, parlava come se Peter Pears avesse pianto sulla sua spalla quando era morto Benjamin Britten.

Strana cosa la fiducia in se stessi, a pensarci. Catherine strizzò gli occhi per guardare fuori dal finestrino, accarezzandosi la spalla, mentre il pulmino li traghettava in un bosco piacevolmente surreale. Condotta da un autista a un nido preparato per lei dagli ammiratori, riusciva comunque a sentirsi un'imbrogliona; anche sotto un sole scintillante, viaggiando senza scosse attraverso un placido paesaggio silvestre, sentiva emergere un alito di paura. Com'era possibile? Eccola lí, un'artista di fama internazionale, a chiedersi in segreto se appariva trasandata e mentecatta agli occhi di Jan van Comesichiama che, dal canto suo, pur essendo un burocrate di primo pelo con ancora i segni dei brufoli sul collo rosa, dava i propri meriti per scontati. Perfino Roger ascoltava rispettosamente mentre Jan esponeva i suoi progetti per dirigere la nave dell'arte dei Paesi Bassi in acque nuove e inesplorate.

– Naturalmente, – stava dicendo Jan, mentre il minibus si addentrava sempre piú nel bosco, – gli eventi multimediali non sono tanto insoliti quando si tratta di musica rock. Ha visto i Towering Inferno?

– Ah... il film sul grattacielo che va a fuoco? – Roger era piú tipo da Bergman e Truffaut.

– No, – lo ragguagliò Jan, – sono un gruppo musicale multimediale che viene dall'Inghilterra. Si sono esibiti in un brano sull'Olocausto intitolato *Kaddish* in tutta Europa... e anche nel vostro paese. Il brano si avvaleva di molti proiettori video, di un'orchestra, della cantante ungherese Marta Sebestyén, e di altre cose del genere. Mi auguro che questo *Partitum Mutante* si presti a qualcosa di analogo, in senso piú classico –. Il direttore rallentò e suonò il clacson per spaventare un fagiano che si era piantato in mezzo alla strada. Non avevano incontrato altro traffico fino a quel momento. – Wim Waafels, – continuò, – è uno dei giovani esponenti della video art fra i piú quotati nei Paesi Bassi. Verrà a trovarvi piú o meno fra una settimana, cosí vedrete sotto quali proiezioni canterete.

Julian Hind, che aveva intercettato quelle parole, osservò:

– Sicché noi saremo i Velvet Underground e questo tizio dei video rifarà l'*Exploding Plastic Inevitable* di Andy Warhol, eh?

Roger lanciò un'occhiata da sopra la spalla a Julian con aria interrogativa, ma il direttore annuí e disse: – Già –. Catherine non aveva nemmeno capito di cosa parlassero, sapeva solo che a Roger non piaceva farsi surclassare quando si trattava di musica.

Catherine sentí il petto stringersi per la delusione quando, come da copione, il marito si prese la sua meschina rivincita. Cercò di concentrarsi sull'incantevole paesaggio all'esterno, ma era inevitabile sentire quello che lui stava facendo: spostava abilmente la conversazione sulla burocrazia delle arti europee, argomento di cui Julian era quasi totalmente digiuno. Roger ricordò con affetto l'amministrazione socialista francese che aveva reso tanto piacevole partecipare alla Biennale parigina del 1985, e si disse preoccupato per la strada intrapresa dall'amministrazione dell'Amsterdam Concertgebouw. L'irritazione di Catherine si stemperò in noia; le palpebre calarono sotto la sfarfallante luce del sole.

– Insomma, – lo interruppe il direttore, evidentemente piú preoccupato di dove andava a parare la conversazione che della sorte del Concertgebouw. – Il vostro è un Coro a conduzione familiare, sí?

Catherine drizzò di nuovo le orecchie; come se la sarebbe cavata questa volta il marito? In realtà gli unici due Courage dell'ensemble erano lei e Roger, e Catherine tendeva ad aggrapparsi al suo cognome da nubile ogni volta che le circostanze lo permettevano, terrorizzata all'idea di diventare famosa come *Kate Courage*. Non poteva affrontare il resto della vita con un nome che sembrava quello di una supereroina dei fumetti.

Con fare garbato, Roger riuscí piú o meno a svicolare.

– Be', che ci creda o no, – disse, – il Coro non prende esattamente il nome da me. Io mi considero semplicemente un componente dell'ensemble, e quando si è trattato di decidere come chiamare il gruppo abbiamo considerato varie ipotesi, solo che sembrava sempre ricorrere l'idea di coraggio.

Catherine si rese conto che la testa di Julian andava assumendo un'inclinazione spropositata. Osservò un sorrisetto incredulo prendergli forma sul viso mentre Roger e il direttore continuavano:

– Cioè avevate la sensazione che interpretare questo genere di musica richiedesse coraggio?

– Be'... questo lo lascio decidere al nostro pubblico, – disse Roger. – A dire il vero, quello che avevamo in mente era piú il vecchio adagio di Wesley sul fatto di cantare inni, ha presente: «Canta di gusto e con coraggio».

Julian si girò verso Catherine strizzando l'occhio: – È *questo* che avevamo in mente? – le sussurrò da qualche sedile di distanza. – Non so com'è, ma non riesco proprio a ricordare questa memorabile conversazione.

Catherine ricambiò il sorriso, vagamente confusa. Non intendeva essere sleale nei confronti del marito, ma quella conversazione non la ricordava nemmeno lei. Girandosi per guardare fuori dal finestrino del minibus, si sforzò con scarso entusiasmo di riandare con la memoria a un tempo lontano lontano, prima che diventasse il soprano del Coro Courage. Centinaia di nitidi, esili alberi le sfrecciarono davanti agli occhi, confondendosi in pulsazioni tra il verde e il marrone. Quell'immagine, unita al lieve ronzio del motore, la cullò portandola, per la terza volta quel giorno, a un passo dall'addormentarsi.

Alle sue spalle, Benjamin Lamb cominciò a russare.

Durante l'ultimo paio di miglia il castello, benché distante, risultava perfettamente visibile.

– È lí che siamo diretti? – chiese Catherine.

– Sí, – rispose Jan.

– La casa di pan di zenzero della strega cattiva, – borbottò Julian per farsi sentire da Catherine.

– Come? – fece il direttore.

– Mi chiedevo qual è il vero nome del castello, – disse Julian.

– Il vero nome è 't Luitspelershuisje, ma fiamminghi e visitatori lo chiamano Château de Luth.

– Ah... Château de Luth, carino, – ripeté Catherine, mentre il minibus percorreva a tutta velocità l'ultimo miglio – o 1,609 chilometri. Quando il direttore parcheggiò il veicolo davanti alla nuova casa lontano da casa, sfoderò un sorriso benevolo ma, ancora una volta, lasciò che se la sbrigassero da soli con i bagagli.

Lo Château de Luth era piú bello, anche se un po' piú piccolo, di come Catherine se l'aspettava. Un cottage a due piani costruito a ridosso della lunga strada dritta che collegava Duidermonde a Martinekerke, senza l'ombra di altre case nei paraggi, dava quasi l'idea di un'antica stazione ferroviaria il cui binario fosse misteriosamente scomparso per essere sostituito da un perfetto nastro d'asfalto.

– Luciano Berio e Cathy Berberian hanno soggiornato qui, l'ultimo anno in cui sono stati insieme, – disse il direttore, incoraggiandoli tutti ad avvicinarsi e a entrare. – E anche Bussotti e Pousseur.

La casa era in perfette condizioni dati gli anni che aveva, a parte il palco di corna cervo magistralmente aggrovigliato che incoronava la porta d'ingresso, parzialmente rosicchiato dalla pioggia acida alla fine degli anni Ottanta. I mattoni rossi delle pareti e le tegole grigio scuro erano immacolati, i telai intagliati delle finestre pitturati di fresco di un bianco scintillante.

Tutt'intorno al cottage, il terreno boschivo garbatamente rigoglioso rifulgeva come una preziosa cartolina, ogni albero sembrava piantato con criterio e cura dei particolari. Un'elegante daina marrone baluginò fra i rami dritti e sottili, bloccandosi sull'attenti, simile al costoso modellino in scala ridotta di un cervo aggiunto come *pièce de résistance*.

Catherine rimase impalata a guardare mentre Roger si occupava della valigia in qualche punto alle sue spalle.

– Sembra che Robin Hood e i suoi allegri compari debbano sbucare da un momento all'altro dalla vegetazione, – disse lei, mentre il direttore se la prendeva comoda.

– È strano sentirglielo dire, – commentò lui. – Negli anni Sessanta hanno girato una serie televisiva qui, una specie di avventure di Robin Hood francesi dal titolo *Thierry la Fronde*. Questa strada cosí piana che taglia il bosco era perfetta per le carrellate.

Il direttore la lasciò a cercare di scorgere la daina e si affrettò ad aprire la porta d'ingresso, dove gli altri aspettavano. Disposti come un trio stretto intorno a borse e valige, Ben dietro e i due piú bassi davanti, sembravano un gruppo rock in posa per una foto pubblicitaria.

Jan si diede da fare con le serrature, servendosi dapprima di una massiccia chiave di ottone dall'aria antica e poi di un paio di normali chiavi d'acciaio inossidabile.

– Presto! – esclamò. Non avendo mai visto un prestigiatore all'opera, Catherine prese l'espressione per una direttiva musicale. Cosa poteva mai volere che facessero *presto*? Lei era in uno stato mentale che somigliava piú all'*adagio*.

Il magnifico salone del castello, pieno di luce e oggetti antichi, era ovviamente il luogo in cui si sarebbero tenute le prove. Julian, com'era sua consuetudine, saggiò immediatamente l'acustica con alcuni mi *sottovoce*. Aveva fatto altrettanto in cantine e cattedrali da Aachen a Zyrardów; non riusciva a evitarlo, o almeno cosí diceva.

– Mi-mi-mi-mi-mi, – intonò, poi sorrise. Era un netto miglioramento rispetto al salotto ovattato di Ben Lamb.

– Sí, è ottimo, – disse sorridendo il direttore, e cominciò a mostrare il resto della casa.

Catherine era entrata da un paio di minuti appena quando cominciò a sentire un educato disagio insediarsi saldamente sulle spalle. Non dipendeva sicuramente dall'atmosfera del luogo che era affascinante, per non dire incantevole. Tutta la mobilia e buona parte degli accessori erano di legno scuro, un po' cupo forse, ma c'era luce in abbondanza a riversarsi dalle tante finestre e un odore buonissimo, o forse era *assenza* di odore: aria carica di ossigeno non contaminata da congestione industriale o umana.

Tutte le comodità, moderne e antiche, erano a disposizione: pianoforte verticale Giraffe, doccia idromassaggio, trapunte ricamate, forno a microonde, frigorifero, uno xilofono da concerto, un arcolaio del Settecento, due computer, la serie completa anteguerra del *Dizionario della musica e dei musicisti* di Grove (in olandese), una serie di flauti dolci di legno su un espositore decorato (sopranino, discanto, alto, tenore, oltre a un flagolet), vari telefoni cordless e perfino un assortimento di ciabatte da portare in casa.

No, non era niente di tutto questo a preoccupare Catherine, mentre seguiva i colleghi del Coro nella visita guidata del castello. Si trattava esclusivamente del numero di camere da letto. Mentre il direttore li scortava da una stanza all'altra, lei teneva il conto e, arrivati alla minuscola cucina, un pezzo da esposizione di legno lucido degno di Vermeer, capí che non erano piú di quattro. Una per Ben, una per Julian, una per Dagmar, e... una per lei e Roger.

– I negozi non sono esattamente dietro l'angolo, – stava dicendo il direttore, – perciò vi abbiamo lasciato un po' di provviste negli armadietti. Non è cibo inglese, ma servirà a tenervi in vita nei casi di emergenza.

Non volendo apparire sgarbata, Catherine si sforzò di guardare nell'armadietto che lui teneva aperto affinché potessero constatare loro stessi. In primo piano c'era un scatola di cartone contenente quella che, dall'illustrazione, sembrava esattamente la vegetazione che circondava la casa. *Boerenkool*, c'era scritto.

– Ma questa roba è dolcissima, – disse, rigirandosi la scatola quasi priva di peso fra le mani.

– No, – disse Jan, – ha un sapore terroso, leggermente amaro.

Sicché la sua capacità di capire i visitatori d'Oltremanica aveva un limite.

Al calare del buio, verso le nove di sera, finalmente comparve Dagmar. Il direttore era andato via da un pezzo; il Coro Courage era tutto preso a disfare i bagagli, lanciarsi voci, mangiare Corn Flakes (*Nieuw Super Knapperig!*) e in altre attività di insediamento. Fu Ben a scorgere, dalla finestra al piano di sopra, la minuscola figura che si avvicinava in bicicletta da grande distanza. Si riversarono tutti fuori, un comitato di benvenuto per il loro contralto prodigo.

Dagmar aveva pedalato dalla stazione di Duidermonde con un pesante zaino in spalla e i cestini anteriore e posteriore della bicicletta stracolmi. Il sudore luccicava sul collo e impregnava la larga T-shirt bianca rendendola trasparente a contatto con il reggiseno nero e la cassa toracica abbronzata; scuriva le ginocchia dei pantacollant sportivi blu elettrico e scintillava nella frangetta scompigliata dei capelli nerissimi. Eppure lei sembrava ancora piena di energie mentre scendeva dalla bici portandola a mano verso i colleghi del Coro.

– Scusate se ci ho messo tanto; quelli del traghetto mi hanno fatto un mucchio di storie, – disse, gli occhioni castani che si stringevano leggermente per l'imbarazzo. Come tutti gli anticonformisti vistosi, preferiva sfrecciare davanti a quelli che la guardavano ammirati, lasciandoli a bocca aperta sulla sua scia, anziché farsi esaminare con tutto comodo mentre pedalava coprendo miglia e miglia di una strada piatta per raggiungerli.

– Tranquilla, tranquilla, non abbiamo ancora cominciato, – disse Roger, avanzando per liberarla dall'ingombro della bici, che però lei decise di affidare a Ben. Nonostante la stazza imponente, poco adatta per pedalare, Dagmar era sicura che lui sapesse cosa farne.

Dondolando leggermente sulle Reebok che aveva ai piedi, Dagmar si asciugò la faccia con la T-shirt. La parte bassa del torace, come il resto della pelle, aveva il colore dei toffee.

– Be', vedo che il parto non ha deturpato il tuo fisico d'atleta, – fu il commento di Julian.

Dagmar liquidò quel complimento incompetente e vacuo con una scrollata di spalle.

– In realtà ho perso un casino di tono muscolare, – disse. – Cercherò di recuperarlo qui.

– Tonificare i muscoli! – cinguettò Julian, sforzandosi, come sempre succedeva dopo qualche minuto che si trovava in presenza di Dagmar, di mantenere un atteggiamento amichevole. – Non è per questo che siamo venuti?

Il pensiero del figlio di otto settimane di Dagmar risvegliò Catherine dal suo torpore. – Chi si occupa del piccolo Axel? – chiese.

– Non è un problema, – rispose Dagmar. – Starà qui con noi.

Quella rivelazione proiettò drasticamente in avanti il mento di Julian. Già la gravidanza di Dagmar era stata un duro colpo per lui; ma ora la prospettiva del bambino che l'avrebbe raggiunta era veramente troppo.

– Io… non… credo che sia una buona idea, – disse, il tono meditabondo e musicale, come se Dagmar gli avesse chiesto un parere e lui avesse riflettuto a lungo prima di rispondere.

– Ma davvero? – fece lei freddamente. – E come mai?

– Be', pensavo solo che se ci hanno dato questo spazio, questo spazio letterale e metafisico, per fare le prove, lontano dal rumore e dalle distrazioni, be'... sembra strano portarci un neonato e i suoi piagnistei, ecco tutto.

– Veramente mio figlio non è tipo da piagnistei, – disse Dagmar, sventolando l'orlo della T-shirt per far entrare l'aria fresca. – Per essere un maschio, è molto meno rumoroso di tanti altri –. E passò davanti a Julian per impossessarsi del proprio territorio allo Château de Luth.

– Be', avremo modo di appurarlo, – osservò Julian mestamente.

– È quello che penso anch'io, – disse Dagmar da sopra la spalla. Sulla schiena, annidato nello zaino rigonfio, un neonato dai capelli dritti dormiva il sonno del giusto.

Quando il Coro Courage si predispose alla prima vera prova del *Partitum Mutante* era ormai buio. Le luci brunite riversavano un bagliore ramato sulla stanza, e le finestre riflettevano cinque improbabili individui con luminosa chiarezza. A Catherine, quelle persone riflesse sembravano legate da un sodalizio: cinque moschettieri pronti a dare battaglia.

Se solo fosse riuscita a concentrarsi su quell'immagine irreale, che brillava su una lastra di vetro con un bosco alle spalle, si sarebbe vista attaccata con le unghie e con i denti al proprio ruolo all'interno di quella piccola confraternita. Le prove costituivano sempre la sfida piú ardua; l'esibizione finale era una passeggiata in confronto. Il pubblico, che li vedeva sul palco come se fossero una lontana proiezione, sapeva solo che erano un clan affiatato, e questo a loro permetteva di comportarsi come tale. La pedana da concerto, con la sua artificiosità, era a prova di eventi sgradevoli: nessuno litigava, né metteva il broncio, né faceva a Catherine domande a cui non sapeva rispondere, né si aspettava che acconsentisse a fare sesso. Si limitavano a cantare, in perfetta armonia. Anzi, nel caso del *Partitum Mutante* di Pino Fugazza, in perfetta disarmonia.

– Fa diesis, Kate, non fa naturale.

– Dici sul serio?

– È quello che c'è scritto. Almeno sul *mio* spartito.

– Scusa.

Il trucco stava nel superare la distanza che li separava dalla prima.

Piú tardi, quella prima notte allo Château de Luth, raggomitolata in uno strano letto morbido accanto a Roger, Catherine girava le pagine di *Extended Vocal Techniques* scritto dall'Extended Vocal Techniques Ensemble californiano. Era un libro al quale a volte ricorreva per prendere sonno, ma quella sera aveva in piú la funzione di escludere qualsiasi forma di contatto fisico.

Roger leggeva un librone illustrato su Karel Appel, un artista danese, che aveva scovato nella libreria al piano di sotto – o meglio, Catherine ipotizzò che guardasse le immagini; non credeva che il marito fosse riuscito a imparare l'olandese in occasione di quella avventura. Sarebbe anche stato il tipo, ma immaginò che in tal caso lei se ne sarebbe quantomeno accorta.

Ogni tanto gli lanciava una timida occhiata, senza muovere la testa. Lui sprofondava sempre piú nel letto, un centimetro dopo l'altro. Presto l'insonnia pressoché invincibile di Catherine le avrebbe concesso un margine di vantaggio, almeno cosí sperava. Continuò a leggere.

«Le vocali possono essere definite linguisticamente dalla caratteristica fascia di suoni armonici che ciascuna contiene. Tali fasce si riducono a specifici toni, cosí che la voce del cantante risuona in modo da rinforzare una singola parte armonica del passo cantato. Un'armonia cosí rinforzata rende possibile inserire otto parti per quattro cantanti».

Catherine si chiese se, anziché perdere la ragione, non stesse semplicemente invecchiando.

– Un vero mattacchione, questo Karel Appel, – osservò Roger.

– Mm, – fece lei, sollevando un po' le ginocchia sotto la trapunta per sostenere meglio il libro. Avrebbe tanto voluto che quel nuovo brano di Pino Fugazza non richiedesse a lei e Dagmar di fare tutte quelle cose che distorcevano la normale percezione. Qualcuno poteva anche trovare elettrizzante che due donne cantassero a intervalli di terza conferendo un brusio arcano alle onde acustiche, ma Catherine scopriva che i suoi nervi non la reggevano piú. Perfino il modo in cui un la bemolle sostenuto tendeva a far ronzare l'aria condizionata di un auditorium ultimamente le dava i brividi. Era come se le sbattessero in faccia che la musica si riduceva a onde sonore e atomi una volta privata dell'involucro barocco. Ma un eccesso di nudità sonica non fa bene allo spirito. Questo almeno andava scoprendo ultimamente, da quando aveva cominciato ad andare... alla deriva. Un po' di Bach o di Monteverdi poteva essere una cura migliore di quello che Pino Fugazza si aspettava da lei.

Sentimenti vigliacchi, lo sapeva, da parte di una componente del Coro Courage.

Quando Roger finalmente si addormentò, era passata da un pezzo la mezzanotte. Lei non sapeva con esattezza che ora fosse, perché l'unico orologio della stanza era quello al polso di Roger, nascosto sotto il cuscino mentre lui respirava pacatamente al bordo del letto. Strane le cose che ci si dimentica di portare in un paese straniero.

Catherine poggiò cautamente in terra *Extended Vocal Techniques*, si tirò la trapunta fino al mento e spense la luce sul comodino. Il silenzio che calò su di lei era cosí assoluto da innervosirla. Era come se l'intero universo si fosse spento.

Sul punto di prendere sonno, si sorprese a chiedersi come una persona potesse meditare il suicidio in un ambiente come quello.

All'alba, si sentivano gli uccellini. Niente su scala granché vasta, solo qualche cinguettio e pigolio come di ottavino emessi da specie sconosciute. Era strano che la mattina, a Londra, nell'appartamento che Catherine aveva in prossimità di una mezza dozzina di alberi piantati dal comune, nugoli di uccelli si sgolassero per allietare il mondo, mentre lí, nel bel mezzo del bosco, si levassero cosí poche voci. O là fuori c'era solo una manciata di uccelli, che si spolmonavano nel vano tentativo di colmare un vuoto, oppure erano milioni, e stavano tutti zitti. Appollaiati sui rami, in attesa del momento opportuno.

Catherine rimase atterrita scoprendo che cominciava ad avere paura: paura dei milioni di uccelli silenziosi, che infestavano gli alberi, in attesa. E, sapendo quanto fosse irrazionale quella paura, si disprezzò. Di sicuro era troppo matta per vivere, di sicuro era arrivato il momento di liberare la faccia della terra dalla sua presenza, se bastava il pensiero degli uccelli appollaiati tutti contenti nel bosco a darle l'angoscia. Era come se il cablaggio logoro e aggrovigliato della sua anima, consegnato a Dio perché lo riparasse, fosse stato affidato a dei novellini incompetenti, e ora lei si ritrovasse programmata per vedere un pericolo in ogni passerotto, un ammonimento infausto nella musica, una minaccia letale nell'amore di suo marito.

Roger dormiva come un sasso al suo fianco. Ma poteva svegliarsi da un momento all'altro; non era tipo da tirare su col naso né da dimenarsi prima del risveglio, si limitava ad aprire gli occhi ed eccolo lí, lucidissimo e pronto a ripartire. Catherine guardò la testa del marito sul cuscino, la testa che un tempo quasi non riusciva a trattenersi dall'accarezzare e baciare adorante. Quanta gratitudine aveva provato quando lui l'aveva voluta, quanta devozione vedendo che era convinto di poterla plasmare facendone qualcosa di piú dell'ennesima ragazza perduta e votata all'autodistruzione con una bella voce da soprano.

– Ce l'hai nel sangue, – le aveva assicurato.

Bramosa, terrorizzata, lei alla fine si era decisa a lasciare la casa del padre, consegnandosi invece a Roger Courage.

Ora era stesa al suo fianco in quello strano letto morbido in Belgio, con una gran voglia di fargli inalare un magico cloroformio inodore dalla bocca aperta per assicurarsi che dormisse mentre lei cercava il coraggio per affrontare la giornata.

A colazione, Catherine accennò a quel silenzio soprannaturale con gli altri. Ormai il sollievo era tale da darle alla testa: era balzata giú dal letto e si era preparata prima che Roger riuscisse a destarsi da un sonno insolitamente profondo. Era già in cucina, vestita di tutto punto, prima che lui scendesse per unirsi ai colleghi del Coro. Catherine stava preparando l'*havermout* – peraltro conosciuto come porridge – per un Ben famelico e non ancora sbarbato, tenendo in linea di massima una condotta da persona sana di mente.

– Buongiorno, caro, – disse, vedendo comparire il marito. Lui sembrava un po' perplesso mentre scendeva le scale con ai piedi solo i calzini dal disegno a spina di pesce. (Tutti gli uomini avevano solo i calzini, a dire il vero, indecisi tra le regole del castello che vietavano di portare le scarpe in casa e la riluttanza a indossare gli zoccoli di pelle forniti appositamente per loro).

Julian, l'aria sonnacchiosa ed elegantemente stropicciata, stringeva un caffè tra le mani senza berlo. Non appena Catherine accennò al silenzio, disse che ci aveva fatto caso anche lui, e che era innaturale. L'aveva tenuto sveglio tutta la notte.

Catherine rabbrividí; l'idea di lei e Julian svegli esattamente nello stesso momento e nella stessa casa, con soltanto una parete a separarli, in qualche modo la inquietava. Non che lui non le piacesse, solo che data la situazione era cosí esposta, cosí ipersensibile, che quell'insonnia simultanea in un'oscurità condivisa le sapeva di sgradita intimità.

– E poi non sentire quasi il canto di un uccello in un bosco cosí grande: fa un po' impressione, non vi pare? – disse esitante, attenta a non porsi sotto il riflettore dell'instabilità mentale, pur apprezzando l'idea di comunicare con gli amici.

Dagmar tagliava il pane fresco sul ripiano della

cucina mentre il figlioletto dormiva avvolto in una coperta sulla stessa superficie, proprio accanto alla tavoletta del pane, come se subito dopo volesse affettare anche lui.

– È il silenzio che senti quando scali una montagna, – disse, riferendosi al suo passatempo preferito. – A me piace.

Non avendo trovato soddisfazione sul versante femminile, Catherine tornò agli uomini. Ben, però, era alle prese con l'*havermout*, che infilava tra le grosse labbra morbide un cucchiaio dopo l'altro, e Julian aveva rivolto l'attenzione al caffè, sicché restava solo Roger.

Il marito sondò un istante il proprio animo in cerca di un commento adeguato.

– A pensarci, un'acustica vocale cosí silenziosa dev'essere rarissima, – disse. – Cioè, basta pensare a quella registrazione dei canti di Hildegard fatta dalle Gothic Voices... Emma Kirkby canta come un'allodola e, in sottofondo, si sentono le macchine che sfrecciano in strada!

Julian si vide costretto a dissentire.

– È perché i tecnici del suono hanno messo i microfoni a una distanza eccessiva dai cantanti, – disse, – nel tentativo di cogliere quell'acustica da monastero. Avrebbero fatto meglio a piazzarglieli davanti alla bocca, e ad aggiungere qualche risonanza in un secondo momento.

– Non dirai sul serio, – protestò Roger. Catherine aveva cessato di esistere, dimenticata mentre cercava di tostare il pane per il marito sotto il grill del forno. – L'acustica di un luogo è unica e preziosa.

– Per un'esibizione dal vivo senz'altro, – acconsentí Julian. – La mia voce non è mai risuonata bene come in quella cantina di Reykjavik, con le pareti di pietra e tutto il resto. Ma le Gothic Voices non cantavano dal vivo, registravano un disco. Che bisogno c'è della chiesa di St Jude-on-the-Wall a Hampstead se basta premere un interruttore o un fader per avere un'acustica da chiesa, senza un'accidenti di Volvo che romba in strada?

In cucina cominciò a diffondersi un odore di pane bruciato. Il piccolo Axel prese a tossire agitando dolcemente i braccini sul ripiano della cucina, come se cercasse di volare verso un quadrato d'aria piú pura.

– Scusate, – disse Catherine.

Il *Partitum Mutante* era una vera goduria per almeno uno dei suoi esecutori: Benjamin Lamb. Evidentemente Pino Fugazza aveva un debole per le litanie reboanti dei monaci tibetani e nel suo brano aveva inserito a profusione qualcosa di molto analogo per le parti destinate al basso.

Se gli altri componenti del Coro Courage dovevano imparare melodie complesse e acrobatiche in tonalità ingrate, a Benjamin veniva richiesto di mormorare come un organo battuta dopo battuta. All'inizio del brano, i suoi vocalizzi erano intesi a comunicare nientemeno che la nascita dell'universo, compito che lui affrontava con una risonanza agghiacciante degna di un santo himalayano... anzi di molti.

– Muoooooiiiinnng, muoooooiiiiinnng, muoooooiiiinnng, – cantava, dal profondo del grosso ventre.

Pino Fugazza, però, era un tipo scaltro: aveva

cronometrato le discese del baritono in modo che Roger coprisse le pause di Ben per riprendere fiato, creando l'illusione di un'incessante sirena di basso. E, proprio quando sembrava che la musica dovesse rimanere abissalmente cupa in eterno, Julian si inseriva intonando la prima vera parola con voce alta e pura: «Dio»... in sol maggiore, naturalmente.

Il vero problema sorgeva con l'ingresso delle voci femminili, un riflesso indubbiamente della filosofia italiana, filtrata dalla tradizione giudaico cristiana, in materia di rapporti umani. A quel punto il manoscritto assumeva una complessità preoccupante, le note affollavano le linee divisorie delle battute come truppe compatte di formiche schiacciate in massa incontro a qualcosa di irresistibile.

Dagmar e Catherine cantarono fino a grondare sudore, che colava dalla fronte andando a imbrattare le pagine. Cantarono fino ad avere mal di gola. Cantarono finché non si sentirono indotte a fissarsi con aria implorante, come due schiave in una piantagione desiderose che l'altra non crolli, perché questo spianerebbe la strada a un destino ben piú infausto. Le ore passavano, non in un flusso lineare, bensí in ripetizioni infinite di due minuti qua, cinque minuti là, poi gli stessi due minuti di prima, e avanti cosí a oltranza.

Finalmente, mentre calava di nuovo la sera, il Coro arrivò alla fine del brano e, uno a uno, i vari cantanti si dileguarono, lasciando Catherine a portare il *Partitum Mutante* a conclusione. L'ultimissima nota era un do altissimo, da raggiungere scalando varie battute a partire da due ottave piú giú, e da tenere per quindici secondi, aumentando il volume, prima di lasciarlo sfumare nel nulla.

Estatica all'idea di scorgere la fine, Catherine cantò quella nota con la purezza e la sicurezza di un piffero.

Per vari secondi dopo che lei ebbe pilotato le ultime tracce della nota verso l'oblio, il resto del Coro Courage rimase muto. Nella quiete straordinaria del bosco di Martinekerke respiravano come bambini, e nessuno voleva essere il primo a parlare.

– Devo confessare che quella nota mi preoccupava un po', – disse Roger alla fine. – Ben fatto.

Catherine arrossí nascondendosi la gola dietro la mano.

– Si direbbe che riesco a prendere note sempre piú alte, – disse.

Non appena ebbe concluso, tornò a insediarsi il silenzio, perciò riprese a parlare, usando la conversazione per colmare il vuoto.

– Se da piccola avessi avuto una di quelle madri che ti stanno col fiato sul collo, forse a quest'ora sarei un soprano leggero.

Dagmar stava liberando le gambe dalla posizione del loto con una smorfia di disagio, e intanto agitava i piedi nudi – la sua soluzione personale al dilemma delle ciabatte.

– Perché, che tipo di madre avevi? – chiese.

Catherine alzò gli occhi al soffitto, cercando un'indicazione lassú sul tipo di madre che aveva avuto.

– A dire il vero era una violoncellista, – rispose meditabonda, – suonava nell'orchestra sinfonica della Bbc.

– Intendevo che tipo di persona era.

– Umm... non saprei, – mormorò Catherine, la visione sempre piú indistinta mano a mano che fissava il raffinato mosaico di crepe nella vernice sovrastante. – Andava via spesso, e poi si è suicidata quando io avevo dodici anni.

– Oh, mi dispiace, – disse Dagmar.

Era strana quell'uscita cosí fiacca e formale pronunciata nei toni vigorosi della ragazza tedesca. L'asprezza dell'accento faceva sembrare l'espressione di cordoglio tutt'altra cosa, eppure non c'era una sola nota insincera: anzi, era proprio la sincerità di Dagmar a creare quella dissonanza. La frase: «Oh, mi dispiace» sembrava fatta apposta per essere cantata sottovoce in una cadenza femminile.

– Figurati, non c'è problema, – disse Catherine, abbassando lo sguardo per sorridere a Dagmar. L'immagine persistente azzurro spettrale del lampadario appeso al soffitto fluttuò come un'aura intorno al viso della ragazza tedesca. – È capitato a me trovarla... o *di* trovarla. Come si dice, Roger? – Gli lanciò un'occhiata, non abbastanza lunga però da cogliere l'espressione corrucciata e il sopracciglio che si agitava segnalandole di stare zitta. – L'ha fatto a letto, con i sonniferi e una busta di plastica ficcata in testa.

Dagmar strinse gli occhi senza dire niente, immaginando la scena e l'effetto che poteva aver prodotto su una bambina. Julian, invece, non riuscí a trattenersi.

– Ha lasciato un biglietto? – si informò.

– No, – rispose Catherine. Roger intanto, alla periferia della sua attenzione, si alzava facendo frusciare dei fogli. – Anche se la busta di plastica non era una qualsiasi. Era dell'Unicef, con delle immagini di bambini sorridenti. Mi sono sempre chiesta che cosa significasse.

Perfino Julian non sapeva piú che pesci pigliare.

– Brutta storia, – disse, alzandosi in piedi per seguire Roger in cucina.

Dagmar si asciugò la fronte con il braccio. Nel compiere quel gesto, il tessuto della maglietta le si incollò ai seni, mettendola in guardia sul fatto che aveva perso il latte dai capezzoli.

– Scusami, – disse.

– Secondo te quanto tempo è passato, – chiese Roger quella sera a letto, – dall'ultima volta che abbiamo fatto l'amore? – Guidare un gruppo canoro gli aveva insegnato a celare la sua pedanteria sotto le mentite spoglie della consultazione.

– Non lo so, – disse lei sinceramente. – Un bel po', direi –. Sarebbe stato... poco diplomatico dare a intendere qualcosa di diverso, ovviamente.

Il silenzio arcano del bosco di Martinekerke tornò a insediarsi nella camera da letto nero inchiostro. Catherine si chiese che fine avesse fatto la luna, avrebbe giurato che la notte prima era quasi piena. Dovevano esserci le nuvole a nasconderla.

– Allora secondo te abbiamo un problema? – disse Roger dopo un po'.

– Niente che non possa risolversi nel migliore dei modi, ne sono sicura, – disse Catherine. – Il dottore l'ha detto che gli antidepressivi potevano inibire... cioè... il desiderio –. La parola risultò di un romanticismo da far aggricciare, il genere di parola alla Barbara Cartland, a meno di non voler risalire a William Blake.

What is it that women do require?
The lineaments of gratified desire[1].

[1] Che cosa richiedono le donne? | I lineamenti del desiderio appagato.

In parte era proprio per risparmiarsi di scoprire cosa mai potessero significare parole come *lineaments* che Catherine aveva permesso a Roger di sottrarla al Magdalen's College.

– Mi stai ascoltando? – la sollecitò lui nel vuoto della notte priva di rumori.

– Sí, – lo rassicurò lei. – Stavo solo pensando.

– A che cosa?

– Non me lo ricordo piú –. Si lasciò sfuggire una risatina imbarazzata.

Roger rimase immobile per qualche altro secondo o per qualche minuto, poi si girò sul fianco, portandosi di fronte a lei. Non lo vedeva in faccia, però sentí il suo gomito affondare sul bordo del proprio cuscino e avvertí, al centro del letto vicino alle cosce, il calore del suo... be', del suo desiderio.

– Sei ancora una bella donna, lo sai, – disse lui con voce pacata, profonda.

Catherine, incapace di controllarsi, sbottò in una sonora risata. Quel blando complimento, porto in modo cosí solenne, cosí seducente, in un momento in cui nessuno dei due vedeva un emerito accidenti, per qualche motivo le sembrava intollerabilmente spassoso.

– Scusa, scusa, – bisbigliò, umiliata all'idea che Julian potesse sentirli attraverso la parete. – Devono essere gli antidepressivi.

Roger piombò sulla schiena con una veemenza che fece oscillare le molle del letto.

– Magari sarebbe ora che smettessi di prenderli, – le propose stancamente. – Voglio dire, hai avuto idee suicide ultimamente?

Catherine fissò fuori dalla finestra, sollevata nel vedere un pallido bagliore lunare trapelare in cielo.

– Vanno e vengono, – disse.

Qualche ora dopo, mentre lui dormiva, Catherine si mise a piangere in silenzio. Avrebbe tanto voluto cantare una canzone fra sé, qualcosa di dolce e ritmato, un piccolo *Lied* di Schubert o magari una filastrocca. *Stella, stellina, la notte si avvicina* sarebbe stata perfetta. Ma ovviamente non era possibile. Le bruciava la gola per aver cantato il *Partitum Mutante*, e poi aveva il terrore di svegliare il marito, in una strana camera da letto in mezzo a un bosco belga, mentre quella vipera di Julian Hind stava con l'orecchio teso pronto a cogliere il minimo fruscio al di là del muro. Mio Dio, com'era arrivata a quel punto?

A un tratto, sentí un breve grido acutissimo levarsi da grande distanza. Non era Axel, almeno non le sembrava; quel bambino dormiva come un angioletto tutta la notte e, di giorno, a malapena si lasciava sfuggire un suono a meno di non mandare a fuoco una fetta di pane belga proprio sotto il suo naso.

Catherine sentí la pelle corsa da un brivido elettrico al ripetersi del grido. Non sembrava umano o, ammesso che lo fosse, era in parte anche qualcos'altro. Quanto avrebbe voluto scivolare dall'altro lato del letto, nel grande abbraccio protettivo di qualcuno che di sicuro non le avrebbe fatto niente se non tenerla al caldo e al sicuro. Tipi difficili da trovare, stando alla sua esperienza.

Invece, si tirò le coperte fino alla bocca e rimase immobile, a contare le grida finché non si addormentò.

La mattina, non riuscí a presentarsi per l'ora di colazione. Aveva sperato di essere lí, vispa come un grillo, ogni mattina prima di Roger, ma l'insonnia della notte precedente aveva avuto la meglio su di lei, che finí col dormire fino a mezzogiorno. Roger era andato via da un pezzo quando si svegliò. Punteggio: Roger: uno, Catherine: zero.

Il sole si riversava dalla finestra, il calore le accelerava il metabolismo producendole un fastidioso ribollio in corpo. Poco prima di svegliarsi aveva avuto un incubo: sognava di soffocare dentro un sacco umido e trasparente; ora, finalmente e angosciosamente lucida, si liberò a viva forza delle coperte appiccicose e si mise seduta, madida di sudore.

Fece una doccia e si vestí, udendo unicamente i rumori prodotti da lei stessa. Forse gli altri bighellonavano al piano di sotto in attesa di cantare, solo che mancava il soprano. Forse erano andati insieme a esplorare i dintorni, lasciandola sola nello Château de Luth con i suoi arcolai, i flauti antichi e un letto dove non sapeva se ce l'avrebbe fatta a coricarsi di nuovo.

Non aveva motivo di preoccuparsi. Arrivata in cucina trovò Ben, ancora con il suo pigiama XXL e l'aria un po' impacciata, seduto da solo sulla panca inondata di sole a scartabellare un «Times Literary Supplement» di quattro anni prima.

Che tipo strano, pensò Catherine. Il piú anziano fra loro, a cinquantacinque anni aveva la stessa faccia da bambino di quando avevano istituito il Coro Courage. Era sempre stato enorme, benché fosse relativamente piú grosso ora di due decenni prima. Sicuro di sé senza darlo a vedere e misurato su tutti i fronti, aveva un unico punto debole: lo stomaco d'Achille. A ogni tournée rivelava una sorprendente scorta di talenti fin lí insospettati – l'anno prima aveva smontato il motore rotto dell'autobus che li accompagnava rimettendolo in sesto con una cravatta e due fedi nuziali – solo che in fatto di alimentazione era una frana.

– Ciao, – disse lui, e da un punto al suo interno scaturí una specie di rombo non molto dissimile dai mugugni che costituivano il suo contributo al *Partitum Mutante*.

Catherine era sicura che sarebbe stato in grado di risolvere qualunque sfida fisica o intellettuale posta da una pentola e una confezione di avena, ma era chiaro che per qualche motivo non sapeva decidersi ad affrontarla. Ben la guardò con una supplica sincera negli occhi. Le stava dicendo, con quello sguardo, che amava profondamente sua moglie, solo che lei era a Londra mentre Catherine era lí con lui, e allora che fare?

– Ti va un po' di porridge, Ben? – gli chiese lei.

– Sí, – rispose all'istante, i guancioni che prendevano colore.

– Allora ne preparo un po' per tutti e due, – disse Catherine.

Venne fuori che, a parte il soprano che aveva passato la mattinata a dormire, nel Coro Courage mancava anche il contralto. Alle prime luci dell'alba, Dagmar aveva preso la bici inoltrandosi nel bosco con Axel, e non era ancora tornata. Forse era andata a Martinekerke o a Duidermonde a fare provviste; forse si teneva solo in esercizio. Fatto sta che era sparita, cosí Roger sbrigava un po' di corrispondenza su uno dei computer, Julian leggeva un tascabile in salotto e Ben stava lí ad aspettare che qualcuno gli offrisse la colazione.

– Fai «oh», – disse Catherine cominciando a versare il latte.

– Oh, – mormorò lui contrariato quando si accorse che la scodella minacciava di straripare.

Sentendo rumore di cibarie, Julian riprese la strada della cucina dove qualche ora prima si era nutrito di pudding di riso in scatola e caffè. Indossava un paio di jeans neri, una T-shirt nera e i calzini neri. Dalla punta dei capelli phonati all'attaccatura delle caviglie sembrava una star del cinema francese.

– 'Giorno, – disse con un ghigno, il libro ancora a mezz'aria, come se alzando gli occhi dalla pagina si fosse accorto che la cucina si era spostata portandosi fino a lui.

– Ciao, Julian, – disse Catherine, cercando di non far trasparire la delusione nel veder deturpato quel momento di beata semplicità: la scodella di avena bollente, lei che la offriva, Ben Lamb che la riceveva senza una parola. Mentre Julian si frapponeva senza tanti complimenti fra lei e Ben, Catherine si accorse che il libro che reggeva ad ali spiegate fra le eleganti mani era una specie di thriller con una faccia femminile terrorizzata in copertina, e si sorprese a pensare: *quanto non mi piace quest'uomo*.

– Julian, vuoi un po' di porridge?

Alle prime cinque parole della domanda gli si illuminarono gli occhi, spenti però dalla delusione non appena sentito il finale.

– No, grazie, – disse. – Non c'è niente di piú… ehm… sostanzioso.

– Non lo so, – disse Catherine, lanciando un'occhiata ansiosa a Ben che infilava cucchiaiate di *havermout* fumante in bocca. – Il porridge sazia abbastanza, non trovi?

– A dire il vero pensavo a delle uova, – confessò Julian.

– Magari le porta Dagmar quando torna.

– Mmm. – Chiaramente per Julian la prospettiva di chiedere a Dagmar di dividere il cibo con lui non era delle piú realistiche.

Catherine si riempí una ciotola con gli avanzi di *havermout* e chiese a Julian come avesse dormito.

– Ho di nuovo passato mezza nottata in bianco, – si lamentò lui, accomodandosi su uno sgabello. Teneva il tascabile annidato in grembo, con l'immagine patinata di una bellona dagli occhi sgranati che lo fissava dallo spazio fra le magre cosce nere.

– Allora hai sentito le grida? – disse Catherine.

– Grida?

– Sí, là fuori, in qualche punto del bosco.

– Magari era il figlio di Dagmar, – suggerí lui. – O i pipistrelli.

Catherine capí che non aveva sentito niente.

– Io le ho sentite benissimo, – disse Catherine. – Umane. Ma incredibilmente sconsolate e strane. Solo grida, niente parole.

Julian sorrise con indulgenza.

– *Un bimbo piange nella notte, | un bimbo piange per la luce, | per tutta lingua ha il pianto*, eh? – disse, senza tradire la minima espressione.

Catherine lo fissò perplessa e a disagio. Spesso Julian aveva certe uscite: la citazione incantatoria di uno dei poeti vittoriani o romantici che lei preferiva, recitata con una scrollata di spalle, neanche fosse la strofetta smaliziata di una pubblicità televisiva o un vecchio slogan elettorale considerato caustico, o superato, o causticamente superato, a posteriori.

In un altro punto della casa, un telefono squillò.

– Gli acchiappafantasmi, – disse Julian per punzecchiarli.

A telefonare era una ragazza di nome Gina. Voleva sapere se erano d'accordo che andasse quel pomeriggio a pulire 't Luitspelershuisje, cambiare le lenzuola e tutto il resto.

Per Catherine fu un sollievo quando Roger glielo disse. Chissà perché non si aspettava aiuti domestici; di fronte all'indifferenza del direttore per i loro bagagli, si era fatta l'idea che non fosse nello stile olandese. Ma se qualcuno prendeva provvedimenti per le lenzuola impregnate di sudore del letto che doveva dividere con Roger quella notte, allora era un altro discorso.

Qualche minuto dopo che Roger ebbe comunicato il messaggio della cameriera, Dagmar tornò dalle sue avventure, accaldata e infastidita. Arrancò verso la cucina con una busta di plastica per mano e Axel ancora sulla schiena che frignava e si lamentava.

– *Moment mal, moment mal*, – lo sgridò lei, lasciando cadere la spesa sulla panca della cucina. Il «Times Literary Supplement» venne occultato da yogurt, albicocche fresche, pane croccante, formaggio, avocadi, carne surgelata, caffè, confezioni di *Vla met echt fruit*!, contenitori plastificati di salviette per bambini... e uova.

Roger se n'era già andato; Ben Lamb ebbe la cortesia di seguirlo, rendendosi conto che in cucina non c'era spazio per tutto quel ben di Dio, Catherine, Dagmar, Julian e anche per lui. Julian esitava, gli occhi fissi sulle uova. Stava pensando che avrebbe soprasseduto agli irritanti strepiti del bambino se si profilava un'omelette all'orizzonte.

Solo che Dagmar piombò sullo sgabello dritto davanti a lui issandosi Axel sulla spalla prima di lasciarlo ricadere in grembo. Poi, dopo aver sollevato la T-shirt, scoprí un seno e guidò la bocca del bambino verso il capezzolo.

– Con permesso, – disse Julian, lasciando le due donne a occuparsene.

Catherine si sedette sulla panca della cucina fissando lo sguardo assente nella scodella di porridge di Ben. Era talmente pulita e lucida che sembrava l'avesse leccata, anche se in tal caso immaginava che se ne sarebbe accorta. Lei, da parte sua, aveva la tendenza a stufarsi del cibo, lasciandolo a metà. Siccome a Roger per qualche motivo dava fastidio, nella casa di Londra Catherine aveva preso l'abitudine di nasconderlo, non appena le passava la voglia di mangiarlo, in qualunque angolino o ricettacolo le capitasse a tiro. *Lo finirò dopo*, si diceva, ma il mondo girava, girava, girava. Giorni, settimane dopo, bagel ossificati cadevano dalle tasche del cappotto, yogurt con una pelliccetta di muffa spuntavano dal portagioie, banane nere e semiliquefatte giacevano come cadaveri nella tomba delle sue scarpe.

Catherine si augurava di non fare altrettanto lí allo Château de Luth, anche se era un'eventualità da non scartare. Era facile che Roger passasse dopo di lei a pulire, tenendo la lingua a freno perché non erano soli. Altro che diventare matta; non sarà che le stava venendo l'Alzheimer? A quarantasette anni le sembrava abbastanza inverosimile... Eppure: con l'Alzheimer non si scende a patti... ti esenta da ogni colpa. Nessuno si sognerebbe di ricondurti alla ragione, né attenderebbe con impazienza che torni ad avere una vita sessuale. Non dovresti piú prendere il Prozac, e se qualcuno trovasse un cumulo di mele mangiate a metà dietro il televisore, be', capirebbe.

E, al momento di morire, non ti accorgeresti nemmeno di quello che succede. Un fremito distratto e ti ritroveresti all'altro mondo, sbattendo debolmente gli occhi alla luce dell'Onnipotente.

Catherine mise a fuoco il «Times Literary Supplement», ripulito da lei stessa del cibo che aveva riposto ordinatamente nel frigorifero e negli armadietti qualche minuto prima. Era aperto alla pagina delle lettere, e nove illustri accademici provenienti da ogni angolo della Gran Bretagna e degli Stati Uniti dibattevano l'identità della persona a cui erano dedicati i sonetti di Shakespeare, facendone indistintamente una questione personale. *Dichiaro chiusa la corrispondenza sull'argomento*, ammoniva il direttore, anche se dopo quattrocento e passa anni era ovvio che la discussione sui sonetti, al pari di qualunque discussione, sarebbe andata avanti all'infinito senza mai arrivare a una conclusione. Quanto a Catherine, non aveva un'opinione, se non che sposare nove uomini cosí avrebbe significato conoscere altrettante varianti dell'inferno.

– Mangiate pure tutto quello che vi pare, – disse Dagmar.

Catherine, che aveva dimenticato la presenza della ragazza tedesca, alzò gli occhi con un sobbalzo.

– Oh... grazie, – disse.

– Però, se sono l'unica a fare la spesa, mi servono piú soldi, – aggiunse Dagmar. Il bambino succhiava ancora al seno, tranquillo come un gattino addormentato.

– Basta che lo dici a Roger, ci pensa lui, – disse Catherine. Erano anni che non firmava un assegno né metteva piede in una banca. Negli ultimi tempi aveva una tesserina di plastica che faceva uscire i soldi da una fessura incastonata nel muro, ammesso che lei ricordasse un numero a quattro cifre... e la tessera, naturalmente. Nel bosco di Martinekerke non c'era sicuramente un posto dove infilare quella tesserina di plastica.

– Come hai dormito stanotte, Dagmar? – chiese Catherine, portando la scodella di Ben nel lavandino.

– Benissimo, – disse Dagmar.

– Non hai sentito niente di strano, alle prime luci dell'alba? Come un grido dal bosco?

– Niente è capace di svegliarmi, – disse Dagmar, abbassando lo sguardo su Axel, – a parte lui, ovviamente.

Non sembrava molto probabile, dato il funzionamento pressoché silenzioso del piccino, anche se di sicuro Dagmar parlava con cognizione di causa. Catherine rimase colpita vedendo che, nell'abbassare lo sguardo sul figlio che aveva al seno, alla base del viso magro e dalla pelle compatta della ragazza tedesca si era formato un doppio mento che la invecchiava di cinque anni. Dagmar aveva anche una sottile cicatrice sulla fronte che Catherine non aveva mai notato. Rughe del futuro, cicatrici del passato, milioni di segni a registrare una vita privata che a nessun estraneo è dato capire.

– Ti stai divertendo qui? – chiese Catherine.

– Certo, – rispose Dagmar. – È bello che ci mettano a disposizione tutto questo spazio. Sono una musicista professionista ormai da nove anni, e ho un figlio; è ora che qualcuno ci paghi per fare le prove, ti pare?

– Ma il luogo in sé, il brano in sé... ti divertono?

– Non m'importa un accidenti della musica di Pino Fugazza, – disse Dagmar con un'alzata di spalle, scostando Axel dal seno. Il capezzolo e l'areola rilucevano di saliva, il che indusse Catherine a distogliere immediatamente lo sguardo. – Voglio cantarla bene. Se la musica che mi mettono davanti mi annoia tanto, farei meglio ad alzare il culo e compormela da sola, ti pare?

Catherine, ancora in imbarazzo per il disgusto provato vedendo il capezzolo cosparso di bava, rimase tanto piú sconcertata per la piega che stava assumendo la conversazione. Quel linguaggio spiccio adottato da Dagmar accentuava il fatto che fosse straniera perfino piú dell'accento tedesco, e la sincera indifferenza per l'incarico che li aveva condotti lí era ancora piú sbalorditiva. Ma la cosa in assoluto piú strana era l'idea di comporre la musica da soli qualora insoddisfatti di quella fornita dagli altri.

– Tu scrivi musica? – Ai margini inferiori della sua visione, Catherine scorse la T-shirt che calava andando a coprire il perturbante turgore di carne.

– Certo, – disse Dagmar, trovando un punto piú adeguato dove poggiare la testa lanuginosa del figlioletto. – Tu no?

Catherine non si era mai sognata di comporre una nota. Suonava il piano con destrezza, se la cavava bene con il flauto, le bastava leggere lo spartito di un brano musicale per sentirlo risuonare nella testa – anche se non con la precisione con cui riusciva a sentirlo Roger, è ovvio. Quando si trattava di leggere uno spartito, Catherine immaginava il proprio cervello come una vecchia radio, col sonoro che ogni tanto andava e veniva, e il cervello di Roger come un lettore di cd, che coglieva ogni sfumatura grazie all'efficienza del digitale. Quanto all'eventualità di fare dei segni sul pentagramma con le *sue* mani: no, era inconcepibile. Le rare volte in cui si permetteva di cantare una nota diversa da quelle che qualcuno aveva scritto per lei, Roger era sempre lí pronto a dire: «Fa diesis, Kate, non fa naturale» o qualcosa del genere.

– Sono convinta di non avere i requisiti, – disse a Dagmar.

La ragazza tedesca non sentiva un forte impulso a contraddirla, gli occhi marroni scuri e opachi come cioccolato al caffè belga.

– Se lo dici tu, – commentò, stringendosi nelle spalle.

Catherine si richiuse in se stessa: aveva sperato di sentirsi rassicurare. Che strani questi tedeschi, non capivano che una dichiarazione di inadeguatezza di fatto è solo una scusa per sentirsi incoraggiare. Forse era un bene che non avessero vinto la Battaglia di Inghilterra.

– Tanto per cominciare non ho la formazione giusta, – disse Catherine. – I vari Pino Comesichiama hanno studiato composizione per anni.

Era chiaro che Dagmar si faceva un baffo delle credenziali di Pino.

– Canticchiare sottovoce in bagno è comporre, non trovi? – disse, stringendo Axel contro la spalla. – Io canto per me stessa quando vado in bici, e per mio figlio. E non è il *Partitum Mutante* che canto, questo è certo.

Sfoderò un largo sorriso, che Catherine ricambiò. Era un modo piacevole e sicuro per chiudere la conversazione.

– Ora metto Axel a letto, – disse Dagmar. – Dovresti andare a fare una passeggiata, non credi? Là fuori è tutto perfetto: il clima, il bosco, tutto.

– Mi piacerebbe, – le assicurò Catherine. – Non sai quanto. Ma forse Roger vuole che cominciamo subito.

L'occhiata che le scoccò Dagmar la fece vergognare tanto che corse a cercare le scarpe.

Gina la cameriera arrivò a bordo di una piccola Peugeot bianca proprio mentre Catherine usciva dalla porta – un tempismo perfetto, cosí Roger non poteva arrabbiarsi per il ritardo nelle prove, giusto?

Vagamente sgomenta per la propria indocilità, Catherine mollò gli ormeggi dalla casa senza dare spiegazioni a chicchessia, dirigendosi velocemente ai margini del bosco, per poi sbirciare da lí, attraverso gli alberi radi, in direzione del castello. Roger e Julian facevano a gara per dare il benvenuto a Gina la quale, contrariamente alle aspettative, era una bionda poco piú che ventenne con un fisico da ballerina e una tenuta da lavoro in tema. Tutto nei Paesi Bassi aveva una qualità superiore al previsto. Perfino l'aspirapolvere che Gina cercava di estrarre dal sedile posteriore dell'auto senza l'aiuto degli stranieri sembrava degno di un premio per il design e capace di risucchiare qualunque cosa nel suo lucente corpicino di plastica.

Per quanto Catherine ne sapeva, Roger non le era mai stato infedele. Non era nel suo stile. Una volta che prendeva un impegno, vi si atteneva scrupolosamente e non lo mollava a nessun costo.

A nessun costo. Né era probabile che un infarto o un colpo apoplettico glielo portassero via. Aveva quattro anni piú di lei, ma era in gran forma. Sarebbero stati insieme per sempre, a meno che non morisse prima lei.

Catherine diede le spalle al castello, inoltrandosi fra gli alberi. Camminando calciava dolcemente il morbido tappeto frusciante di foglie morte e terra torbosa per tracciare una specie di sentiero da seguire dopo nel caso si fosse persa. Il cielo era limpido, il venticello mite. Le impronte sarebbero rimaste, ne era sicura.

Durante la guerra, probabilmente i nazisti avevano ucciso delle persone in quel bosco. La guerra era arrivata in Belgio, no? Provò una leggera vergogna nell'ammettere che non ne era sicura. In realtà ne sapeva ben poco su qualunque argomento che esulasse dal canto. Roger l'aveva salvata dall'infelicità post-adolescenziale al Magdalen's College e, da lí in poi, si era assunto la responsabilità del mondo intero. Le diceva quello che secondo lui poteva interessarle, evitava accuratamente quello che a suo parere era meglio non sapesse. E lei, da parte sua, aveva davvero la memoria corta, soprattutto negli ultimi tempi. Era possibile che Roger una volta le avesse parlato del ruolo svolto dal Belgio durante la Seconda guerra mondiale, ma ormai l'aveva dimenticato.

In ogni modo, ammesso che i nazisti fossero stati in quel bosco, il posto era perfetto per giustiziare qualcuno. Catherine si chiese cosa si provasse a essere presi in una retata, scortati fino al ciglio di una fossa comune, e fucilati. Cercò di provare pena per quelli che non desideravano morire: le donne con dei figli, magari. Ma riusciva a pensare solo che sarebbe stato provvidenziale liberarsi di quel peso delegando ad altri la decisione: a un nazista che ti conduca dalla menzogna alla tomba, dove ti sparerà un colpo dietro la nuca, un punto dove non arriveresti mai da sola.

Poi, a distanza di qualche anno, un Robin Hood francese e i suoi allegri compari passerebbero a cavallo sopra le tue ossa, agitando i gagliardetti colorati per la gioia di tutti i bambini europei.

Un quarto d'ora dopo, Catherine smise di camminare e si accovacciò contro il ramo muscoso di un cedro del Libano, sistemandosi comodamente sul giaciglio del bosco. Non si correvano rischi a poggiare il sedere – il culo? – sul terreno; sembrava progettato dagli scienziati dei Paesi Bassi per nutrire la vegetazione senza sporcare i pantaloni. Il calore del sole, propagato dalla cima degli alberi, le irradiò vitamina D nella pelle. Tutt'intorno, la fievole luce dorata guizzava sui verdi e i marroni, mentre le foglie esalavano ossigeno puro e fragrante.

Spesso i compositori traggono ispirazione dalla natura, pensò Catherine. La *Sinfonia «Pastorale»* di Beethoven, Vaughan Williams, Delius, quel genere di cose. Che significato aveva la natura per lei? Cercò di stabilirlo, come se quella domanda le fosse appena stata posta da Dio.

Natura significava assenza di persone. Era un sistema organizzato per funzionare senza esseri umani, concentrato sull'inanimato e l'eterno. Il che di tanto in tanto era molto rilassante. Ma pericoloso, alla lunga: sarebbe calato il buio, e non ci sarebbero state porte da chiudere, né tetti sopra la testa, né coperte da tirare su. In fondo non siamo animali.

Catherine si alzò in piedi levandosi le foglie e i frammenti di corteccia da dietro i jeans. Aveva avuto abbastanza natura per quel giorno. Era ora di tornare a casa.

Percorrendo a ritroso il sentiero che aveva creato, divenne consapevole di tutti gli uccelli che dovevano essere posati sugli alberi attorno e sopra di lei. Alcuni intonavano un cinguettio musicale, ma la stragrande maggioranza era silenziosa. La guardava. Catherine non sopportava quell'idea; si concentrò sul rumore prodotto dai piedi che frusciavano nel sottobosco.

Il respiro sempre piú veloce risuonava incredibilmente alto nell'immobilità, e con l'accelerare del passo i respiri si fecero piú simili a espressioni vocali, con un tono e un timbro tutti loro. Esattamente come il canto avanguardistico, in realtà: i vocalizzi di un'anima terrorizzata.

Ora stava quasi correndo, incespicando sui rami staccati e le zolle di terra che aveva calciato prima. Lo sfarfallio della luce solare era troppo veloce fra gli alberi, sembrava una fluorescenza che funzionava male, livida e fredda. Aveva di nuovo perso la cognizione del tempo? Mancava di casa da ore?

Cosa farebbe adesso se sentisse il grido?

Il pensiero giunse improvviso, come una freccia scoccata dritto nel cervello. Era sola nel bosco di Martinekerke con la cosa che le aveva indirizzato i suoi lamenti durante la notte. E che forse ora teneva gli occhi scintillanti fra gli alberi puntati su di lei. Aspettava il momento buono per lanciare di nuovo quel grido, aspettava che lei si avvicinasse a tentoni tanto da poterglielo urlare dritto nell'orecchio, nella nuca, facendola crollare sulle ginocchia in preda al panico. Catherine correva, piagnucolando angosciata. Avrebbe fatto la brava da lí in avanti, se solo Roger fosse andato a salvarla.

Senza fiato, parzialmente accecata, irruppe nella radura. Malgrado l'intensità del terrore le erano bastati un paio di minuti per lasciarsi il bosco alle spalle; non si era allontanata poi cosí tanto da casa, in fin dei conti. Il castello era proprio al di là della strada, e la piccola Peugeot bianca parcheggiata davanti dichiarava a chiare lettere l'implausibilità di urla soprannaturali.

– Bene, è l'ora del *Partitum Mutante*, – le disse Roger, non appena ebbe varcato la soglia.

Le prove andarono male quel giorno. Ben, Dagmar e Catherine erano abbastanza partecipi, mentre Roger era irascibile, stranamente turbato. Julian aveva la testa fra le nuvole e perdeva il segno sullo spartito alla minima distrazione: Gina che se ne andava, per esempio. La guardò dalle finestre linde e lucenti caricare l'attrezzatura in macchina, trascurando bellamente di inserirsi per cantare le parole del Creatore.

L'educato battibecco fra Julian e Roger grazie al cielo fu interrotto da un'altra telefonata. Era il giornalista di un quotidiano lussemburghese a caccia di un articolo sul Benelux Contemporary Music Festival.

I componenti del Coro che non erano Roger Courage si sedettero pigramente mentre Roger faceva fronte ai quesiti, il primo dei quali evidentemente fu perché il brano di Pino Fugazza si intitolasse *Partitum Mutante*. Era una delle tante domande che Catherine non aveva mai pensato di porre a Roger, perciò tese l'orecchio per sentire la risposta.

– Be', il mio italiano è abbastanza elementare, – disse nel microfono coi toni ronzanti del gatto che fa le fusa, sottintendendo l'esatto contrario, – ma mi pare di capire che il titolo non è esattamente italiano, e nemmeno latino. È piú una specie di gioco di parole che si muove su piú livelli. Gioca su *partita*, naturalmente, nel senso di suite musicale, ma fa anche riferimento al *partum*, cioè alla nascita. *Mutante* perciò allude alla nascita mutante, o a una forma musicale mutante...

L'attenzione di Catherine vagò verso il bosco all'esterno. Un cervo pascolava a breve distanza dalla finestra. Era davvero di una bellezza sconvolgente là fuori, visto dall'interno. Doveva andare a passeggio nel bosco piú spesso, affrontare le sue paure, smetterla di essere cosí infantile.

– Sono convinto che sia di estrema importanza dare agli esecutori di un brano commissionato per la prima volta un tempo ragionevole per le prove, – stava dicendo Roger al giornalista lussemburghese. – Troppo spesso andando alla première di un'opera vocale contemporanea si sentono i cantanti cavarsela, diciamo cosí, per il rotto della cuffia, con un brano che hanno appena imparato. È mancato il tempo per padroneggiarlo appieno, per coglierne inflessioni e sfumature. Non dimentichi che quando un gruppo vocale tradizionale canta il *Messia* di Händel o un brano altrettanto noto, in teoria potrebbe anche cantarlo nel sonno. Quello che noi del Coro Courage stiamo cercando di fare con il *Partitum Mutante* qui, in questo magnifico castello, è impararlo cosí bene da essere in grado di cantarlo nel sonno. È allora che si comincia davvero a lavorare.

Qualche attimo dopo, quando Roger si sedette con i colleghi del Coro dopo aver riattaccato il telefono, Catherine disse:

– Credevo che significasse slip.

Dagmar rise di cuore, allentando la tensione. Roger guardò la moglie come in fiduciosa attesa che recuperasse la ragione da un momento all'altro, se solo l'avesse fissata negli occhi con sufficiente intensità.

– *Mutante*, – spiegò Catherine. – Avrei giurato che significasse slip.

– Sono sicuro che ha a che fare con la mutazione, cara, – l'ammoní blandamente Roger, ruotando gli occhi da una parte all'altra per ricordarle che non erano soli nel loro appartamento. Ma lei non intendeva farsi liquidare tanto facilmente. Era stata in Italia soltanto l'anno prima, a cantare Dowland e Byrd. Lungo la strada, aveva fatto un po' di shopping a Roma, elettrizzata e terrorizzata all'idea di non stare al guinzaglio di Roger per un'ora.

– Ricordo che quando ero a Roma, – disse, – mi servivano delle mutandine. Ero in un grande magazzino e non sapevo come chiederle. Ovviamente non potevo far vedere le mie, giusto? Cosí ho cercato come si diceva in una guida. Sono sicura che c'era scritto *mutante* –. Rise, un po' imbarazzata. – Non so perché mi ricordo certe cose.

Roger sorrise stancamente.

– Riprendiamo quella nota, – disse, – qualcuno vuole un po' di caffè?

Quando tornarono nuovamente a sedersi, Roger li informò che Pino Fugazza in persona sarebbe venuto a trovarli il giorno dopo, per vedere – o meglio, per sentire – come procedevano con il suo capolavoro. Prima di allora, naturalmente, si rendeva necessario discutere quali passi del *Partitum Mutante* andavano provati con maggiore impegno, in modo da fare la migliore impressione possibile sul compositore.

Fu una discussione tesa, almeno fra quelli del Coro che avevano un'opinione in merito. Julian riteneva che i passaggi dove predominava il tenore non fossero sufficientemente sviluppati, mentre Dagmar era convinta che le armonie di contralto e tenore non fossero certo l'ideale; secondo Roger, invece, quelle pecche potevano essere aggiustate con tutto comodo una volta incorniciate entro solide e chiare linee guida baritonali. Si arrivò a un'impasse che impedí di cantare. Julian andò in bagno, Roger andò prendere una boccata d'aria fresca e Dagmar andò a dare un'occhiata ad Axel.

Rimasta da sola con Ben, Catherine disse:

– Le ho ancora quelle mutandine, a dire il vero. Hanno fatto un'ottima riuscita. Non mi meraviglierei se le avessi indosso proprio ora.

Ben poggiò il testone sulle mani e socchiuse gli occhi, sorridendo.

A letto, quella sera, Roger finalmente si concesse una scorrettezza.

– Tu non mi ami piú, – disse, mentre Catherine si faceva piccola piccola acciambellandosi al suo fianco.

– Non lo so, non lo so, – ribatté Catherine, la voce un pigolio strozzato dalle lacrime e dal troppo canto.

– Ci hai pensato poi a smettere di prendere gli antidepressivi? – s'informò lui con voce atona, tirando le coperte per coprire le parti che lei aveva scoperto.

– Ho già smesso, – disse lei. Era vero. Era vero da giorni. In effetti, nonostante a Londra Roger le avesse gentilmente ricordato piú volte tutte le cose che doveva assicurarsi di portare con sé in Belgio, chissà come era riuscita a lasciare quelle pillole a casa. La scatola di cartone che le conteneva per qualche motivo si era inzuppata di barbabietola e maionese, e lei non aveva saputo come risolvere il problema. La scatola delle pillole, il cibo che si era versato, la busta in cui era successo: aveva lasciato tutto quanto a casa, sotto il letto. Il letto dove dormiva da sola, nella camera degli ospiti.

– Davvero? – disse Roger, steso accanto a lei in Belgio. – E come ti senti?

Lei scoppiò a ridere. Cercò disperatamente di smettere, ricordando che Julian era nella stanza accanto, ma non ci riusciva; rise ancora piú forte, singhiozzando fino a sentire una fitta ai fianchi.

Piú tardi, quando l'accesso si fu placato, Roger si stese poggiandole la testa e una mano contro la schiena.

– Domani avremo una giornata pesante, – sospirò, gravato dalla solitudine e sul punto di addormentarsi.

– Non ti lascerò, – lo rassicurò Catherine.

Non appena il respiro di lui si fece profondo e regolare, ecco riecheggiare sinistramente il primo grido nel bosco all'esterno.

– Vieni a fare un giro in bici? – la invitò Dagmar la mattina dopo colazione.

Catherine arrossí, portando le mani tremanti alla gola. Nemmeno se un branco di focosi inuit l'avesse invitata a nuotare nuda nelle acque artiche si sarebbe sentita cosí confusa.

– Ah... sarebbe bellissimo, Dagmar, davvero, ma...

Guardò Ben in cerca d'aiuto, ma lui era alle prese con l'*havermout*, contento come... be', come un agnellino.

– Tanto per cominciare non ho la bici, – fece notare sollevata.

– Ne ho trovata una dietro il castello, – disse Dagmar. – È vecchia ma solida. Un'ottima bicicletta olandese. Ma se un modello vecchio ti crea qualche problema, puoi sempre usare la mia.

Sconfitta, Catherine si lasciò condurre fuori casa. Le cosce e i glutei della ragazza tedesca si flettevano come quelli di un olimpionico mentre camminava, l'acquamarina lucente dei pantacollant creava un brusco contrasto con l'azzurrino dei jeans uniformemente sbiaditi di Catherine. Le due bici erano già parcheggiate fianco a fianco sul ciglio della strada e scintillavano al sole. L'unica via di scampo consisteva nel dire: *No, non voglio*, che per Catherine era sempre stato impossibile.

– Dicono che una volta imparato a portare la bici, non si dimentica piú, – disse, avvicinandosi con circospezione ai velocipedi, – solo che, sai, io ho dimenticato le cose piú incredibili.

– Tranquilla, ce la prenderemo comoda, – disse Dagmar, intenta a legarsi in spalla lo zaino con Axel.

Catherine esaminò i sellini delle bici, tastando le curve della pelle, cercando di immaginare quanto sarebbero risultati duri o morbidi fra le gambe.

– Ehm... quale delle due è meglio per una che non ha... come dire...

Dagmar si strinse nelle spalle, una bella impresa visto che aveva un essere umano di sei chili sulla schiena.

– Una ha un centinaio di marce, l'altra non ne ha nessuna, – disse. – Ma andando piano su una strada completamente piatta non fa una grande differenza.

E cosí cominciò. La preoccupazione di Catherine si trasformò in sollievo scoprendo che sapeva ancora guidarla benissimo. L'altro timore, che Dagmar prendesse la fuga lasciandola indietro, si rivelò ugualmente infondato. La ragazza tedesca manteneva un'andatura lenta e regolare – non perché si sforzasse particolarmente di essere premurosa, ma soltanto perché aveva dato istruzione alle gambe di ruotare a un certo numero di giri al minuto. Qualunque fosse il motivo, Catherine riusciva a tenerle dietro e, con piacere via via crescente, si ritrovò a pedalare lungo la strada scura e levigata, il bosco che le scorreva sfocato ai lati, un venticello prodotto da lei stessa fra i capelli.

Dopo un paio di miglia, si sentí perfino tanto sicura da parlare.

– Non puoi sapere quanto mi sto divertendo, – disse forte in direzione di Dagmar.

Axel, annidato contro la schiena della madre, la faccia a malapena visibile sotto il cappellino di lana, spalancò gli occhi. Non era abituato ai compagni di viaggio.

– Stasera canterai meglio, – dichiarò Dagmar con convinzione. – Fa bene ai polmoni, fa bene al diaframma, fa bene a tutto.

– La prossima volta mi ritroverò a fare alpinismo con te! – Era il genere di commento che nei Paesi Bassi si poteva fare senza timori.

– Grande idea, – disse Dagmar. – Ci sono delle montagne niente male appena superato il confine tedesco, a Eifel. Non sono piú di trecento chilometri di viaggio.

Catherine rise educatamente, forse non tanto forte da coprire il ronzio delle ruote e farsi sentire da Dagmar. In lontananza, la guglia di una chiesa annunciò l'approssimarsi di Martinekerke.

Era una Catherine fiera e raggiante quella che giunse in bicicletta davanti alla porta dello Château de Luth un'ora dopo. Aveva esplorato il vasto mondo, facendo una piccola ricognizione dei servizi offerti dal luogo. Ora lei e Dagmar rientravano con le provviste.

I tre uomini le guardarono ammutoliti mentre loro, due donne rosse in viso e sudate, portavano la spesa in cucina.

Va tenuto presente che in realtà Catherine non era riuscita a trasportare granché sulla sua bicicletta, non avendo pensato di prendere una sporta di qualche tipo prima di uscire. Però si era assunta la responsabilità delle uova, avvolgendole in un maglioncino che non aveva indossato perché faceva troppo caldo, e sistemandole nel nido sicuro del cestino della strana bicicletta olandese.

– Forse è meglio che fai un'altra doccia, cara, – suggerí Roger *sottovoce* mentre lei mandava un grosso bicchiere di latte giú per la gola lucente. – Pino Fugazza sarà qui da un momento all'altro.

Di punto in bianco, senza motivo apparente, il piccolo Axel si mise a strillare.

Di tutti i compositori che il Coro Courage aveva conosciuto, Pino Fugazza si rivelò quello dotato di minor fascino. Forse, scoprire che la sua considerevole fortuna non derivava dall'onesta popolarità della musica d'avanguardia bensí dalla ditta di famiglia che produceva armi automatiche avrebbe dovuto metterli sul chi vive. Vero è che, animati dallo spirito di non far ricadere sui figli le colpe dei padri, si erano guardati dall'esprimere giudizi. In ogni caso, come aveva fatto notare Ben, Tobias Hume, il compositore seicentesco che il Coro Courage piú apprezzava nel suo repertorio, in realtà a suo tempo era stato un killer professionista, ma questo nulla toglieva al valore dei canti per viola che aveva composto.

L'immagine dell'impetuoso Tobias Hume che depone la spada per scrivere l'immortale «Con gioia, cambiar quella nota» venne bruscamente eclissata dall'arrivo piú che reale, a bordo di una Porsche nera, di Pino Fugazza. Entrò nel castello con incedere maestoso, vestito di una camicia rossa di Galliano con decine di piccole orecchie nere stampate sopra, un pantalone largo di Armani tintinnante di spiccioli e un paio di scarpe con le nappine. Il sorriso era sbalorditivamente sgradevole.

– Piacere di conoscerla, – disse Catherine, giocando a fare la padrona di casa, anche se le bastò una sola occhiata per capire che non era vero.

– Prima, prima, – esclamò il compositore, zompettando per la casa con un passo leggero acquisito forse grazie alle poche pretese accampate dalla gravità sulla sua figura che non superava il metro e mezzo. Già calvo a ventinove anni, aveva la faccia che sembrava quella di un macaco. Perfino Ben

Lamb, che di norma si premurava di non guardare con tanto d'occhi le persone dalle strane fattezze fisiche, non credeva a quello che gli aveva riservato il destino.

Pino aveva parcheggiato la Porsche quanto piú vicino possibile alla porta senza entrare direttamente in casa e, mentre il signor Courage e consorte si adoperavano ad accoglierlo nel migliore dei modi, lui continuava a lanciare occhiate fuori dalla finestra, quasi temendo che qualche delinquentello fra gli animali del bosco filasse via a bordo della sua splendida vettura.

Quando finalmente si fu calmato, allargò le braccia in un gesto magnanimo invitandoli a dare inizio alla musica.

Il Coro Courage cantò il *Partitum Mutante* – tutti i trentuno minuti e mezzo, senza interruzione – e cantò piuttosto bene, tutto considerato. Come sempre, al momento della sfida posta dalla vera esibizione davanti a un pubblico – sia pure un pubblico costituito da una sola persona – muovevano cielo e terra per superare le divergenze. Julian sfoderò un accenno di umiltà, Dagmar si adeguò per il bene comune, Roger rallentò il tempo quando la moglie ebbe un tentennamento, riconducendola all'ovile. E, sul finale, Catherine cantò quell'ultima nota con virtuosismo perfino maggiore che in precedenza.

Un silenzio arboreo calò sulla casa quando il Coro Courage approdò, sfinito, ai lidi situati al di là dell'armonia convenzionale. Avevano nuotato a lungo in turbolente acque sonore senza quasi una pausa per riprendere fiato. Sconcertati, mentre lottavano per emergere dal mare, si accorsero che un macaco con una giacca del pigiama da poppante li guardava dall'alto in basso.

– Bravi, – disse il macaco con l'occhio furbetto.

Pino Fugazza fu, brevemente, prodigo di lodi, poi, profusamente, prodigo di critiche. Parlando, teneva a fianco lo spartito senza degnarsi di consultarlo; sembrava farsi un baffo delle mere minuzie pedantesche. Riteneva invece che fossero questioni piú grandi quelle che il Coro non riusciva ad afferrare. Questioni come la natura e lo spirito stessi del brano.

Gesticolando come un ballerino, Fugazza oscillò davanti a loro, i pantaloni che tintinnavano mentre si sforzava di farsi capire in quella sua personalissima versione avanguardistica dell'inglese.

– Dovrebbe essere piú estremo, ma anche piú morbido, – esclamò dopo vari tentativi falliti. Per illustrare un qualche tipo di sublime paradosso, scagliò con violenza i tozzi artigli nell'aria, lasciandoli poi ricadere languidamente come polipetti morenti. – Come una cosa mo-o-o-olto persa, dal fondo di un pozzo.

Ci fu una pausa.

– Piú sommesso? – cercò di tradurre Roger.

Fugazza annuí, contento che finalmente si facessero progressi.

– Sí, molto piú sommesso, – disse, – ma senza perdere la... la sonorità psichica, capite? Sommesso ma sonoro dentro le orecchie... Come il rumore dell'acqua che gocciola da un... un...

– Rubinetto?

– Cannella. Gocciola di notte, quando tutto è sommesso. Perciò è sonoro, sí? Silenzio, amplificato.

Rimasero tutti un istante a riflettere, poi Roger disse:

– Pensa che dovremmo cantare molto sommessamente ma avere dei microfoni che amplifichino la voce?

– No! No! No microfoni! – urlò Pino, agguantando invisibili oggetti ingiuriosi nell'aria davanti a sé e scagliandoli direttamente in un lago di fuoco. – La sonorità viene da... dall'intensità, sí?

– Intensità di emozioni?

– Intensità di... di concentrazione. Concentrati come... come...

– Dadi da brodo? – suggerí Dagmar in un mormorio velenoso, giocherellando con una ciocca di capelli.

– Come un proiettile, – affermò il compositore trionfante. – Un proiettile è molto piccolo, sí? Ma l'effetto è... è... – Fece una smorfia, tradito ancora una volta da una lingua tanto inferiore all'italiano.

Catherine, resistendo alla tentazione di abbandonare il corpo per librarsi verso il soffitto dopo il grande sforzo, ce la mise tutta per aiutarlo a trovare la parola giusta. Immaginò l'effetto di una pallottola che penetra la carne di qualcuno – qualcuno che non vuole morire.

– Devastante, – disse.

– Lo odio, – sibilò Dagmar quando se ne fu andato.

– Probabilmente è un problema di comunicazione, – disse Roger fiaccamente.

– Lo odio, – ripeté Dagmar, tormentandosi con determinazione i capelli umidi tra il pollice e l'indice. – È questo che sto comunicando a voi.

– Be', – sospirò Roger, – lui ha la *sua* idea del brano, noi abbiamo la nostra...

Ben si aggirava con passo felpato per la casa come un orso, andando da una finestra all'altra, spalancandole tutte. Solo mentre apriva la piú grande e piú vicina i colleghi del Coro si resero conto che l'intero castello era impestato dal genere di profumo che forse si ottiene grattando lo scroto di roditori rarissimi.

Unito dall'antipatia per il compositore, il Coro Courage dedicò la settimana successiva all'impervia scalata del *Partitum Mutante*. Di giorno, facevano poco piú che cantare. Di notte, dormivano profondamente. Perfino Catherine era meno assillata dall'insonnia. Quando il grido lacerante, lamentoso della creatura nel bosco la svegliava, lei riscivolava all'istante nel sonno.

Allo Château de Luth aveva elaborato una specie di routine alla quale, con sua grande sorpresa, riusciva ad attenersi religiosamente. Lei, che da sempre sembrava programmata per deludere le aspettative, abbandonando i migliori propositi della sera precedente nel torpore suicida dell'alba, ora si alzava presto tutte le mattine, preparava il porridge per Ben, andava a fare un giro in bici con Dagmar, poi si dava una rinfrescata in vista del lungo pomeriggio di canto. Guardandosi il corpo sotto la doccia, mentre la vaporosa cascata d'acqua le scorreva sulla carne nuda, si chiedeva se fosse solo la sua immaginazione o aveva davvero un aspetto piú giovanile.

Roger si andava richiudendo in un duro guscio di professionalità, uno stato in cui tendeva a cadere ogni volta che si avvicinava una scadenza. Questo non lo rendeva meno attraente:

a Catherine piaceva di piú in quel modo. Si concentrava unicamente sul compito che aveva davanti – nella fattispecie, il diabolico *Partitum Mutante* – facendo di tutto per cogliere la natura delle difficoltà incontrate dai colleghi cantanti, attento a non sprecare la loro preziosa energia o a non logorare i loro nervi scoperti. Anziché pretendere ripetizioni a non finire, si mostrava tollerante quando le cose non andavano per il verso giusto. «Non sprechiamo il fiato», li punzecchiava in tono serissimo ogni volta che si profilava una discussione. Poi, la sera, si stendeva sul letto escogitando vari sistemi per far sí che l'esecuzione successiva scorresse piú liscia. A Catherine veniva quasi la tentazione di abbracciarlo quando lo vedeva cosí. Se fosse stata certa che rimanesse supino, gli avrebbe poggiato la testa sulla spalla e accarezzato la fronte accigliata.

Si domandava se Ben fosse felice. Era una montagna di compostezza, ma era felice? Ogni sera alle 11 in punto, si ritirava nella sua stanzetta, dove c'era un letto di sicuro non abbastanza grande per lui. Come faceva a stare comodo? Gli mancava sua moglie? Il suo corpo, in posizione orizzontale, risultava di una pesantezza intollerabile, come gravato dal peso sgradito di un'altra persona?

Prima di quelle due settimane a Martinekerke, a Catherine non sarebbe mai venuto in mente di farsi certe domande. Ogni componente del Coro aveva una vita propria e a sé stante, misteriosa per gli altri. La felicità o l'infelicità personale non avevano niente a che vedere con lo scopo che li aveva fatti aggregare – almeno, in passato era sempre stato cosí. Si riunivano a casa dei Lamb a Tufnell

Park, come cinque tifosi di calcio che si siedono davanti al televisore per guardare la partita e, senza quasi scambiarsi una parola, attaccavano a cantare un *Miserere* di Josquin o quello che c'era in programma. La moglie di Ben si dileguava, ritirandosi in cucina a preparare quelle che dall'odore sembravano quantità spropositate di cibo asiatico. In tutti gli anni che il Coro aveva trascorso cosí, Catherine non era nemmeno andata vicina a chiedere di quale nazionalità fosse la signora Lamb. Sembrava vietnamita o qualcosa del genere, e si vestiva come una tricologa americana. Durante gli intervalli, serviva agli ospiti torte e caffè: fette di mela e cannella abilmente impregnate con strani aromi di gamberetti, curcuma, aglio, salsa di soia. Certe volte Catherine moriva dalla voglia di fare a Ben qualche domanda sulla moglie, ma col trascorrere degli anni aveva sempre piú la sensazione di aver sprecato il momento buono per sollevare l'argomento.

Julian era un altro enigma, anche se tutto lasciava intendere che ispirasse sentimenti contrastanti non solo nei colleghi cantanti. Una volta, mentre il Coro provava a casa dei Lamb, un ubriaco, sbraitando insulti incomprensibili, aveva ammaccato a suon di calci la macchina di Julian parcheggiata all'esterno. Julian, sbiancato, si era seduto aspettando stoicamente mentre il caratteristico *bimff* del parabrezza che andava in frantumi risuonava nell'aria serale. Anche in quel caso, nessuno del Coro Courage aveva fatto domande. Le attività extra-musicali di Julian erano affar suo. Non c'era un tenore capace di tenergli testa in tutta l'Inghilterra, questo e nient'altro contava.

Perfino le fragilità mentali di Catherine venivano tollerate, purché non interferissero con la musica. L'anno precedente era arrivata al punto di presentarsi alle prove con i polsi avvolti in bende di un bianco niveo, e nessuno ne aveva fatto parola. Per contro, se osava trascorrere qualche minuto di troppo nei bagni di Heathrow quando il Coro doveva prendere un aereo, era facile che si sentisse perentoriamente chiamare dagli altoparlanti dell'aeroporto.

Quanto a Dagmar, l'ultimo acquisto del gruppo, aveva aderito al Coro Courage perché non le dava il tormento come molti altri ai quali si era legata in precedenza. Dopo aver piantato in asso il Dresden Staatsoper perché i direttori sembravano convinti che fosse un tipo di costumi troppo facili per cantare l'opera (l'ultimo ruolo che aveva interpretato per loro era stato quello della prostituta Lulu di Berg, santo Iddio!), quegli inglesi cosí sorridenti le avevano ispirato una certa diffidenza, ma era andato tutto per il meglio. Avevano chiuso un occhio sui suoi amori tempestosi e perfino sulla gravidanza illegittima, purché si presentasse in orario, e questo non le creava nessun problema. Nei nove mesi in cui aveva avuto il pancione non aveva saltato una sola prova; e si era fatta scrupolo di partorire nel momento di stasi tra le *Adventures* di Ligeti a Basilea e il concerto natalizio di canti sacri e profani a Huddersfield. Roger Courage non ci aveva trovato niente da ridire, e le aveva mandato un biglietto di felicitazioni di estremo buon gusto senza indagare sul nome e il sesso del nascituro.

Quelle strane due settimane a Martinekerke, però, li stavano rendendo tanto piú reali come esseri umani agli occhi degli altri, almeno secondo Catherine. Vivere insieme come una famiglia, cucinare per gli altri, vedere la barba spuntare sulla faccia degli altri – be', non sulla sua, naturalmente – veder crescere perfino i capelli... Catherine trovava tutto molto elettrizzante. Era perfino sicura che, prima dello spirare delle due settimane, avrebbe chiesto a Ben di sua moglie, o sarebbe arrivata in bicicletta fino a Duidermonde.

Aveva l'impressione, però, che Julian non fosse una persona felice. Col trascorrere dei giorni allo Château de Luth, diventava sempre piú irrequieto. Non irrequieto nel senso che non riusciva a concentrarsi sul compito che aveva davanti; al pari di tutti gli altri componenti del Coro, lavorava sodo al *Partitum Mutante*. Non irrequieto nel senso che non stava nella pelle per il bisogno di fare moto; era felicissimo di lasciare che Dagmar e Catherine andassero tutti i giorni in bici a Martinekerke a fare provviste. No, sembrava irrequieto sul piano sessuale.

A Londra Julian era un lupo solitario, non girava mai accompagnato. Roger e Catherine avevano sempre pensato che fosse omosessuale, con quel Freddy Mercury sulla segreteria telefonica e i commenti al vetriolo che non lesinava mai a nessuno; invece a Martinekerke divenne chiaro che, se non aveva niente di meglio sottomano, era quantomeno disposto ad accontentarsi delle donne.

Il bosco forniva donne in quantità limitata, ma Julian sfruttava al meglio quanto gli si parava sul cammino. La prima volta che Gina era andata a pulire il castello, Julian si era comportato (commentarono in seguito Roger e Catherine) come il galante proprietario della tenuta che accolga un ospite facilmente impressionabile. Vedendo quella tecnica di abbordaggio vanificata dal netto rifiuto della ragazza a lasciargli portare la sua attrezzatura, era corso in casa a varare il Piano B, delegando a Roger le presentazioni formali. Quando, meno di due minuti dopo, era arrivato il momento di presentare Gina a Julian Hind, «il nostro tenore», lui era già piazzato al pianoforte a suonare un brano del *Mikrokosmos* di Bartók con serena intensità. Aveva rivolto gli zigomi verso la ragazza inarcando le sopracciglia, come se non l'avesse mai vista prima di quel momento, come se fosse appena capitata, ingenuamente, in un tempio di cui non poteva certo capire la sacralità. Aveva inclinato la testa in un indulgente benvenuto, senza però dire una parola. La cosa deludente era che nemmeno Gina aveva aperto bocca, preferendo mettersi subito all'opera. La spina dell'aspirapolvere annidata nella mano, aveva frugato per la stanza mormorando fra sé: «Stopcontact, stopcontact» – evidentemente era la parola olandese per presa di corrente. Non appena l'aspirapolvere aveva avviato il suo rumoroso risucchio, Julian aveva smesso di suonare il piano predisponendosi a un ruolo piú passivo. A quel punto, troppo presto, Catherine era tornata dalla passeggiata nel bosco, e bisognava dedicarsi al *Partitum Mutante*.

La seconda volta che Gina era andata al castello, cinque giorni dopo, Catherine era presente ed ebbe il privilegio di vedere con i suoi occhi i cambiamenti che il malcontento crescente aveva prodotto su Julian. Era uno spettacolo impagabile, un'indimenticabile testimonianza dell'energia generata dall'accumulo di desiderio sessuale.

Tanto per cominciare, la accolse sulla porta come una sovrana – del tipo piú inglese che olandese – e cercò immediatamente di farla accomodare con lui sul divano. Quando lei disse con insistenza che aveva del lavoro da sbrigare, lui la seguí di stanza in stanza, alzando il volume della vellutata voce tenorile per competere con il rumore delle suzioni motorizzate e lo sbatacchiare dei secchi sciaguattanti. Congetturò, azzeccandoci, che Gina operava nelle arti espressive e faceva quel lavoro solo per integrare il sussidio statale. Congetturò, azzeccandoci, di che segno era, che gusti musicali aveva, e quali erano la sua bevanda e il suo animale preferiti. Quando lei si tagliò un dito, lui si scapicollò in bagno a prenderle un cerotto, tornandone nudo dalla vita in su con i capelli lisciati dall'acqua, lamentandosi per il caldo.

Catherine non osò seguirli al piano di sopra, e si preparò una tazza di tè chiedendosi suo malgrado se alla fin fine ci sarebbe stata una qualche attività sessuale nel castello. Quando rivide Julian, dieci minuti dopo, era installato sul divano, completamente vestito, e guardava in cagnesco un libro. Uno strano rumore proveniente dal piano di sopra – come di molle del letto, ritmico – venne finalmente decifrato: era Gina che sbatteva il ferro su un'asse da stiro imbottita.

Quattro giorni prima che spirassero le due settimane, Jan van Hoeidonck passò a vedere come se la cavavano. Si ripresentò a Catherine Courage, convinto sulle prime che fosse il contralto tedesco amante dello sport di cui gli avevano parlato, tanto era abbronzata e in forma. L'immagine di Catherine che serbava nella memoria corrispondeva a una donna di mezza età un po' curva, infagottata in un paio di pantaloni larghi color talpa e un impermeabile, con un'aureola di capelli grigio topo freschi di shampoo; ora, con un paio di fuseaux verdi e una T-shirt macchiata di bacche, si ergeva in tutta la sua statura, i capelli lucenti e impregnati di sudore. Era appena tornata da un lungo giro in bici, disse.

La vera tedesca spuntò qualche attimo dopo, cullando un bambino addormentato fra le braccia. Strinse la mano a Jan, reggendo senza difficoltà il piccolo con l'altro braccio.

– Le presento Dagmar Belotte, – disse Roger, – e… ehm… Axel.

Per rompere il ghiaccio, Jan commise l'errore di chiedere a Dagmar, anziché a Roger Courage, che impressione avesse fatto Pino Fugazza sul Coro.

– Lo odio, – disse Dagmar senza farsi pregare. – È uno sciroccato, e puzza pure.

– Straordinario compositore, però, ci mancherebbe, – si intromise Roger.

– Non li controllate prima di pagarli? – chiese Dagmar.

Il direttore sorrise, niente affatto turbato. La franchezza della ragazza tedesca gli sembrava molto piú logica della strana agitazione imbarazzata del pallido signore inglese.

– Pino è matto come un cavallo, sí, – ammise. – A volte i matti fanno ottima musica. A volte no. Lo scopriremo.

– E se è brutta? – si informò Dagmar.

Jan van Hoeidonck increspò le labbra senza scomporsi.

– La brutta musica non è un problema nel nostro ambiente, – disse. – Nell'arco di dieci anni è completamente sparita. Biodegradabile. Non è come la musica leggera. La musica leggera, anche se brutta, dura in eterno. Johann Strauss. Herman's Hermits. Father Abraham and the Smurfs. Questa roba non morirà mai, anche se facciamo di tutto per ucciderla. Ma per la brutta musica seria, non c'è bisogno di muovere un dito. Sprofonda nel terreno e sparisce.

– Ma *lei*, Jan, che cosa ne pensa del *Partitum Mutante*? – chiese Roger.

– Non l'ho ancora sentito.

– Di certo avrà visto lo spartito, però.

Il direttore accettò di buon grado la tazza di caffè fumante offerta dalla signora Courage.

– Io organizzo eventi musicali, – si premurò di spiegare. – Leggo i fogli dei bilanci. E lí i *crescendo* non mancano, ve l'assicuro –. Lo disse con un'espressione solenne, anche se gli brillavano gli occhi.

Dagmar si congedò e la conversazione passò ad argomenti piú generici, come il castello e i servizi che forniva. Il Coro era contento di quel soggiorno? Si trovava bene in quell'ambiente?

L'omaccione grasso di nome Ben Lamb seduto nell'angolo piú estremo della stanza accennò un gesto per indicare che non aveva niente da ridire. Roger Courage disse qualcosa a proposito del fatto che quando ci si concentra su un progetto musicale il mondo esterno cessa quasi di esistere, anche se nei brevi momenti in cui il suo Coro non sfacchinava sul *Partitum Mutante*, lo Château de Luth e i dintorni risultavano veramente incantevoli. Julian Hind declinò la domanda, preferendo discutere con il direttore la possibilità di affittare una macchina ad Antwerp o a Bruxelles.

– Mi chiedevo, – disse Catherine quando Julian, sbalordito dal costo esorbitante della vita nei Paesi Bassi, si fu ritirato in camera sua. – Avete ospitato tanti artisti in questo castello nel corso degli anni, vero?

– Tantissimi, – affermò il direttore.

– Qualcuno di loro ha mai accennato a strani rumori durante la notte?

– Che tipo di rumori?

– Che so, grida provenienti dal bosco.

– Grida umane?

– Mmm, sí, può darsi.

Lei e Roger erano seduti insieme sul divano. Fingendo di chinarsi a prendere il piattino della torta da terra, Roger le diede una botta sul ginocchio.

– Scusa, cara, – l'ammoní, cercando di strapparla a viva forza dal baratro verso il quale si stava avventurando.

Inaspettatamente, però, il direttore non manifestò alcun disagio sentendo parlare di misteriose grida nella notte; anzi, si mise a riflettere, come se si trovasse di fronte a qualcosa che effettivamente esulava dall'ambito dell'arte e dell'aritmetica.

– È una storia che ho già sentito, sí, – disse. – In effetti è una specie di leggenda legata a questo bosco.

– Davvero, – disse Catherine con un filo di voce, scrutandolo da sopra la tazza di caffè fumante. Roger ormai era come scomparso dal suo fianco.

– È nata, se non sbaglio, alla fine della guerra. Una... – Jan van Hoeidonck si interruppe, consultando il dizionario olandese-inglese che aveva in mano. – Una madre ritardata mentale… si dice cosí in inglese?

– Va benissimo, – disse Catherine, restia a spiegare il *politically correct* a uno straniero. – Continui.

– Una madre ritardata mentale scappò da Martinekerke col figlioletto quando l'esercito, l'esercito di liberazione, stava arrivando. Non capiva che quei soldati non l'avrebbero ammazzata. Cosí scappò, e nessuno riuscí a trovarla. A partire da quel momento, nel corso degli anni si è sentito spesso dire che un bambino grida nel bosco, o uno… uno spirito, sí?

– Affascinante, – disse Catherine, chinandosi a deporre la tazza in terra senza staccare gli occhi da Jan van Hoeidonck. Lui, da parte sua, abbassò leggermente lo sguardo, e Catherine si accorse, con una certa sorpresa, che le stava guardando il seno. *Sono una donna*, pensò.

Roger intervenne con voce stentorea riportando la conversazione su Pino Fugazza e la sua collocazione nella musica europea contemporanea. A proposito, il direttore aveva mai sentito *qualcosa* del compositore?

– Ho sentito il suo primo brano importante, – replicò Jan senza entusiasmo. – *Precipizio*, per voci e percussioni… quello che ha vinto il Prix d'Italia. Non lo ricordo benissimo, perché tutti gli altri brani in concorso sono passati la stessa sera, e anche quelli erano per voci e percussioni. Tranne uno dell'ex Unione Sovietica, per flicorno e modulatore elettronico…

– Sí, ma ricorda niente del brano di Fugazza? – insistette Roger.

Il direttore si accigliò: per lui, indugiare su eventi musicali relegati al passato anziché proiettati verso il futuro era ovviamente quanto di piú innaturale.

– Ricordo solo il pubblico, – ammise, – che è rimasto seduto lí per quattro ore a sentire canti e bisbigli e rumori che erompevano senza preavviso, finché tutto tace, e loro non sanno se è il momento di applaudire, dopodiché se ne vanno a casa.

Roger si stava lasciando prendere da un'educata esasperazione.

– Be'... se non ha sentito il *Partitum Mutante*, che cosa le fa credere che sarà molto meglio?

Jan agitò mollemente una manciata di dita intorno alla tempia destra.

– Da allora ha avuto un grosso tracollo mentale, – disse. – Questa può essere un'ottima cosa per la musica. E poi, l'interesse pubblico per Fugazza è notevolissimo, il che è ottimo per le vendite al botteghino. È molto famoso presso la stampa italiana per aver aggredito la moglie con una scarpa dal tacco a spillo al ritiro bagagli dell'aeroporto di Milano.

– No! – fece Catherine incredula. – E ora lei come sta?

– Benissimo. Credo che presto sarà una divorziata piena di soldi. Ma, naturalmente, è la qualità della musica a decretarne il valore.

– Naturalmente, – sospirò Roger.

Piú tardi, quando il direttore se ne fu andato, Roger rimase alla finestra a guardare il minibus giallo rimpicciolire in lontananza sul lungo nastro d'asfalto nero che conduceva a Bruxelles. Nel frattempo, il sole splendeva sui vetri della finestra come un riflettore da un milione di watt, rendendo bianchi i capelli d'argento e la carne il colore di una mela sbucciata. Ogni ruga e grinza venute con l'età, ogni minuscola cicatrice e buchetto risalenti all'adolescenza, erano illuminati e implacabilmente definiti. Alla fine la luce si fece troppo intensa per lui; che si allontanò, esausto, sbattendo gli occhi e asciugandoseli.

Accorgendosi che Ben Lamb era ancora seduto nell'angolo in ombra della stanza, e che Catherine sonnecchiava tutta sudata sul divano, si sbottonò sul dubbio che lo attanagliava circa il valore del progetto in cui si erano impegnati.

– Sai, sono veramente stufo di tutto questo fascino che dovrebbe esercitare la pazzia, tu no? – disse, rivolto a Ben. – Sono quei segnetti sullo spartito che dovrebbero avere qualcosa di sensazionale, non il comportamento di qualche italiano svitato all'aeroporto.

Catherine, che non gradiva tanta mancanza di rispetto nel trattare l'argomento follia, ribatté:

– Non sarà che questo Pino è semplicemente giovane e impetuoso? Io non mi arrogherei mai il diritto di dare del matto a qualcuno. Soprattutto a un italiano che ho visto una sola volta. Di sicuro non sarà tanto squinternato se guida una Porsche e veste Armani.

– Una visione molto poetica, cara... anche se la logica risulta un po' oscura, – osservò Roger.

– No, volevo dire che ovviamente non è... um... di un altro mondo, no?

Ci fu una pausa durante la quale i due uomini meditarono sul significato di quell'espressione.

– Tu che ne pensi, Ben? – chiese Roger.

– Penso che dovremmo cantare quanto piú possibile nei prossimi quattro giorni, – rispose lui. – Cosí, al momento della prima, avremo se non altro la certezza di essere meno confusi del signor Fugazza.

E cosí cantarono, mentre il sole risplendeva in cielo e la temperatura all'interno del castello si inerpicava verso i 30 gradi. Era peggio che stare sotto un intero impianto di luci di scena; tutti e cinque bollivano dentro i vestiti.

– Finiremo per cantare nudi, – suggerí Julian. – Cosí metteremmo un po' di sensualità in questo brano!

Gli altri lasciarono correre, capendo che il poveretto era in calore.

Quando, alla fine, furono tutti troppo stanchi per proseguire, Roger e Julian andarono a letto – non insieme, naturalmente, anche se negli ultimi tempi Julian dava l'impressione di considerare chiunque, perfino i compagni di Coro, come un possibile oggetto sessuale. Il disgusto che aveva provato sulle prime vedendo Dagmar allattare, col trascorrere dei giorni si era stemperato in una sorta di tolleranza, salvo poi inasprirsi in una forma di curiosità cosí acuta da mettere in imbarazzo tutti fuorché lui. Dagmar, di norma indifferente alle misere brame di uomini indesiderati, si sentiva sempre piú a disagio, e l'allattamento divenne un atto via via piú segreto, perpetrato al riparo di porte chiuse. In presenza di Julian, tendeva a incrociare le braccia sul petto, in un gesto protettivo, aggressivo. Dopo una mezz'ora passata a fissare Julian per fargli abbassare lo sguardo, balzava in piedi e si metteva a camminare su e giú, una fascia scura sul petto dove gli avambracci sudati avevano inzuppato la stoffa dei vestiti che indossava.

La sera della visita del direttore, dopo aver finito con il *Partitum Mutante* ed essersi assicurata che Julian fosse andato a letto, Dagmar si sbracò sul divano con Axel attaccato al seno. Ben era seduto vicino alla finestra a fissare un cielo che, alle undici meno un quarto, serbava ancora qualche brandello di luce. Stava calando di nuovo quel silenzio soprannaturale, che dal salotto permetteva di sentire perfino il gocciolio di un rubinetto in cucina.

Stranamente ringalluzzita dopo che il figlio le aveva succhiato il latte, Dagmar decise di portare Axel a fare una passeggiata nel bosco. Non invitò Catherine; la donna piú anziana immaginò che dovesse essere uno di quei momenti in cui Dagmar voleva scorrazzare per il mondo sola con il suo piccino, spiegandogli le cose in tedesco.

– Sta' attenta, – disse Catherine mentre uscivano. – Ricordati della leggenda.

– Quale leggenda?

– Una volta una madre e il figlioletto sono spariti in quel bosco, alla fine della guerra. Certi dicono che il bambino sia ancora là fuori.

Dagmar si soffermò un attimo a fare un calcolo mentale.

– Be', se dovessimo incontrare un bambino di settantacinque anni lungo la strada, magari Axel sarà contento di giocare con lui, – disse, e se ne andò a zonzo nel buio.

Rimasta sola con Ben, Catherine valutò i pro e i contro di andare a letto. Sul versante dei pro, era esausta. Ma la casa aveva assorbito tanto di quel calore che probabilmente non sarebbe riuscita a dormire.

– Vuoi qualcosa, Ben? – gli chiese.

– Mm? No, grazie, – rispose lui. Era ancora seduto vicino alla finestra, la camicia bianca resa quasi trasparente dal sudore. Nonostante la stazza da orso, non aveva peli sul corpo, per quanto le era dato vedere.

– A proposito, come stai? – gli chiese. Sembrava una domanda leggermente assurda a quell'ora di sera.

– Stanco, – disse lui.

– Anch'io. Non è strano che abbiamo vissuto qui insieme, giorno dopo giorno, e abbiamo cantato insieme all'infinito senza quasi scambiare una parola?

– Io non sono un gran conversatore.

Ben chiuse gli occhi poggiando la testa all'indietro, come se stesse per liberare l'anima nell'etere, lasciandosi dietro il corpo.

– Sai, – disse Catherine, – dopo tanti anni non so quasi niente di te.

– C'è ben poco da dire.

– Non so nemmeno esattamente di che nazionalità è tua moglie.

– Vietnamita.

– Lo immaginavo.

A quel punto la comunicazione si spense, ma senza dar adito a imbarazzo. L'acustica emotiva della stanza non era satura di vergogna e frustrazione, come nei silenzi fra lei e Roger. Il silenzio era una condizione naturale per Ben, e piombarci dentro insieme a lui era come raggiungerlo nel suo mondo, dove conosceva intimamente ogni onda sonora assopita, dov'era immune da paure.

Dopo un po', seduta nell'immobilità del salotto oro e marrone insieme a Ben, Catherine diede un'occhiata all'orologio che lui aveva al polso. Mancava poco a mezzanotte. Ben non era mai stato in piedi cosí a lungo.

– Hai sempre voluto diventare un cantante? – gli chiese.

– No, – disse lui. – Volevo continuare a fare il timoniere.

Lei rise suo malgrado. – Continuare a fare che cosa? – Le tornarono in mente quelle orribili commedie cinematografiche che suo padre non le aveva mai permesso di guardare, neanche quando era abbastanza grande da uscire con Roger Courage.

– All'università, – spiegò Ben, – facevo il timoniere in una squadra di canottaggio. Urlavo le direttive con il megafono. Mi piaceva tantissimo.

– Poi cos'è successo?

– Ho aderito al movimento contro la guerra nel Vietnam. All'epoca Cambridge non era esattamente di sinistra. Ho perso buona parte degli amici. E poi sono ingrassato.

Non sei grasso, avrebbe voluto tranquillizzarlo Catherine, con benevolenza quasi istintiva, poi si rese conto che era un'assurdità, e si sforzò di mantenere una faccia impassibile davanti a quella faccia di luna piena. Le rassicurazioni sono una cosa cosí triste e pazzesca, pensò. Chiunque, nell'intimo, conosce la verità.

– Che cosa pensi davvero del *Partitum Mutante*, Ben?

– Be-e-e'... devo ammettere che per il basso è una passeggiata. Ma non credo che passeremo il resto del ventunesimo secolo a cantarla.

Calò nuovamente il silenzio. I minuti passavano. Catherine si accorse per la prima volta che non c'erano orologi nello Château de Luth, tranne quelli dei computer e del forno, e gli orologi da polso degli ospiti umani. Forse un tempo c'erano stati splendidi esemplari antichi rubati da qualche ospite precedente – immaginò Cathy Berberian che ne avvolgeva furtivamente uno fra la biancheria preparando la valigia per tornare a casa. O forse non c'erano mai stati orologi su quelle pareti, perché gli arredatori del castello avevano capito che il ticchettio dei secondi sarebbe stato esasperante, insopportabile, nel silenzio del bosco.

A un tratto, dall'esterno giunse un gemito lamentoso, indecifrabile, un grido cosí acuto e sinistro che Axel non sarebbe mai stato capace di emettere. Catherine aveva la carne elettrizzata dalla paura.

– Ecco! – disse a Ben. – L'hai sentito?

Ma, guardando verso di lui, si accorse che aveva gli occhi chiusi, il grosso petto che si alzava e si abbassava ritmicamente.

Catherine balzò su dal divano e si precipitò verso la porta d'ingresso. L'aprí – pianissimo, per non svegliare Ben – e sbirciò nella notte, che risultava di un'oscurità impenetrabile ai suoi occhi non abituati. Il bosco non si distingueva dal cielo, se non per il fatto che in uno c'erano le stelle e nell'altro no. Catherine era quasi convinta che Dagmar e Axel fossero stati fagocitati da un demone solitario, ingoiati dalla terra per non ricomparire mai piú. Fu quasi una delusione quando, qualche minuto dopo, madre e figlio si materializzarono dalle tenebre avanzando lemme lemme verso il castello, le scarpe da ginnastica bianche di Dagmar che sfavillavano.

– Hai sentito il grido? – chiese Catherine, mentre Dagmar raggiungeva la soglia.

– Che grido? – disse Dagmar. Axel aveva gli occhi spalancati ed era pieno di energia, ma la madre era sfinita, pronta per andare a letto. Indugiò sulla soglia, come se stesse considerando l'idea di far tenere un po' il figlio a Catherine.

Il giorno dopo, Roger telefonò a Pino Fugazza per dirgli che c'era un problema con il *Partitum Mutante*. Un problema tecnico, disse. Ormai l'avevano provato cosí a fondo, disse, che erano nella posizione di distinguere le asperità che derivavano da una scarsa dimestichezza con lo spartito da quelle che forse... be', erano nello spartito stesso.

Mentre Roger parlava, gli altri componenti del Coro Courage erano seduti nei paraggi a chiedersi come avrebbe reagito Pino, soprattutto sentendo che Roger veniva indotto, poco a poco, a entrare sempre piú nel merito del problema, vale a dire che, in un certo punto, le indicazioni temporali di Pino proprio non tornavano. L'ardita aritmetica musicale dell'italiano, un'intricata foresta di poliritmie indipendenti, doveva risolversi alla 404ª barra (per simboleggiare i 4004 anni che andavano dalla Creazione alla nascita di Cristo), cosí che Roger e Catherine si ritrovavano a un tratto a cantare perfettamente all'unisono, raggiunti alla barra successiva da Julian e Dagmar, mentre Ben manteneva i toni bassi di sottofondo.

– Il fatto è, – disse Roger al telefono, – che alla 404ª barra il baritono è una battuta indietro rispetto al soprano.

Dalla cornetta arrivava un chiacchiericcio stridulo, indecifrabile per gli altri.

– Be'... – disse Roger con una smorfia, assestandosi gli occhiali per guardare lo schermo del computer. – Può darsi che non abbia capito bene qualcosa, ma tre blocchi di 9/8 e uno di 15/16 ripetuti con una pausa di due battute... mi segue?

Altre chiacchiere.

– Sí. Ma allora, dal la bemolle si passa... Come? Uh... Sí, ce l'ho proprio qui davanti, signor Fugazza... Ma certo, tredici piú otto non fa ventuno?

Detto questo la chiacchierata si risolse rapidamente. Roger depose il ricevitore e si girò verso gli ansiosi colleghi del Coro.

– Ci dà il suo beneplacito, – disse, increspando stupefatto la fronte. – Possiamo fare come ci pare e piace.

Era una libertà che nessuno di loro avrebbe previsto.

Quel pomeriggio, mentre il Coro Courage faceva una pausa per rinfrescarsi la gola con il succo di frutta, una macchina si fermò davanti alla casa. Roger aprí la porta, e fece entrare un fotografo brizzolato che aveva tutta l'aria di un prete spretato.

– Salve! Il Coro Courage? Carlo Pignatelli.

Era italiano, ma lavorava per un giornale lussemburghese che l'aveva mandato a fare un servizio sul Benelux Contemporary Music Festival. Aveva già visionato il materiale pubblicitario sul Coro, e sapeva esattamente che cosa voleva.

Dagmar era sola in salotto con un bicchiere di succo d'albicocca fra le mani mentre i membri inglesi del gruppo si aggiravano intorno al forno cercando di tostare il pane. Pignatelli andò dritto sparato verso la ragazza tedesca, che indossava un pantacollant nero e una camicia di cotone bianca.

– Lei è Dagmar Belotte, giusto? – La cosa preoccupante era che sembrava aver imparato l'inglese guardando le soap operas in londinese stretto con i sottotitoli; in realtà aveva appena fatto ritorno in seno alla stampa europea dopo dieci anni etilici a Londra.

– Giusto, – disse Dagmar, deponendo il bicchiere sul pavimento. Aveva già capito che con quel tizio le servivano tutt'e due le mani.

– Lei è un'appassionata di alpinismo, giusto? – disse Pignatelli, come se azzardasse qualche deduzione dopo un'intervista lunga e estenuante.

– Giusto, – disse Dagmar.

– Non è che per caso ha con sé qualche attrezzo?

– Per farne che?

– Una foto.

– Una foto di cosa?

– Una foto di lei con gli attrezzi da alpinista. Corde –. Indicò con la mano pelosa da quale punto del corpo avrebbero dovuto pendere le corde, usando fortunatamente il proprio petto anziché quello di Dagmar per la dimostrazione. – Piccone –. Mimò un piccolo gesto violento contro l'invisibile parete di una rupe.

– Qui non ci sono montagne, – disse Dagmar in tono uniforme.

Il fotografo era pronto ai compromessi. Facendosi immediatamente un'idea dello spirito che regnava nel castello, posò per qualche microsecondo gli occhi sulla serie di flauti dolci antichi, poi disse:

– Suona il flauto?

– No.

– Le dispiace reggerne uno?

Dagmar rimase un attimo senza parole, cosa che lui prese per un assenso. Sorprendentemente lesto di gambe, raggiunse d'un balzo i flauti e scelse il piú grosso. Porgendolo a Dagmar, le lanciò uno sguardo di incoraggiamento poi, servendosi di una sola mano, estrasse la macchina fotografica dalla custodia in un gesto consumato. Dagmar incrociò le braccia sul petto, stringendo il flauto in pugno come il manganello di un poliziotto.

– Non è che potrebbe metterlo in bocca? – suggerí il fotografo.

– Se lo può scordare, – disse Dagmar, scagliando lo strumento sul cuscino del divano.

– Non c'è un pianoforte a coda? – ribatté il fotografo, con la rapidità di un lampo. Di sicuro non avrebbe avuto obiezioni ad appoggiarsi al piano e giocherellare con le corde, con il coperchio a farle scudo.

– No, è... – La parola che Dagmar cercava non voleva saperne di tradursi dal tedesco. Considerò l'eventualità di dire «eretto», ma subito la declinò. – Non è a coda, – disse, gli occhioni stretti in una fessura.

Imperterrito, il fotografo diede un'occhiata fuori per valutare le condizioni atmosferiche. Per fortuna, da un qualche punto della casa si levò il rumore sonoro di un grido umano sconsolato che non poteva essere ignorato.

– Mi scusi, – borbottò Dagmar, allontanandosi a gran passi in cerca del figlio.

Il fotografo spostò immediatamente l'attenzione su Catherine.

– È vero, – disse, raccogliendo il bicchiere di succo mezzo vuoto di Dagmar, – che un soprano è capace di mandare il cristallo in frantumi?

Quella sera, quando finirono di cantare, il castello era ancora piú infuocato della sera precedente. Tutti gli altri andarono a letto, e Catherine si ritrovò da sola in salotto con Julian.

Julian era a quattro zampe davanti a una libreria, a sbirciare il dorso dei libri. Aveva finito tutto quello che si era portato in Belgio, tutti i thriller e le biografie scandalistiche, e adesso andava in cerca di qualcos'altro. Ignorando l'olandese, i tomi come *Het Leven en Werk van Cipriano de Rore (1516-1565)* non facevano al caso suo, anche se conosceva a menadito il francese e – cosa che sorprese Catherine – il latino.

– Davvero? Il latino? – disse, come se le avesse appena rivelato di cavarsela benissimo con l'urdu o il cingalese.

– Non capisco perché ti stupisci tanto, – disse Julian, con il sedere – il culo? – le chiappe? – per aria mentre esaminava i titoli. – Non facciamo che cantare testi latini.

– Sí, ma... – Catherine risalí mentalmente all'ultima volta che aveva cantato in latino, e la sorprese con quanta facilità ricordasse le parole di *O Magnum Mysterium* di Gabrieli. Ultimamente stava capitando qualcosa al suo cervello, si stavano sbloccando i canali, ridefinendo i contorni. – Usiamo le traduzioni. Io almeno le uso. Roger mi stampa il testo inglese affiancato da quello latino, è cosí che imparo il significato.

– Io non ho bisogno che Roger mi dica che cosa significa, – borbottò Julian sfilando un volume dall'aria antica dalla libreria. Gli scivolò agilmente fra le mani, senza la nuvola di polvere che Catherine si aspettava – ma del resto, Gina aveva spolverato solo qualche giorno prima.

– Credo che andrò a fare due passi, – disse Catherine.

– Ecco, brava, vai, – disse Julian. Mostrava un'inquietudine strana, profonda, come se avesse oltrepassato la frustrazione per approdare a quello che veniva dopo. Seduto a gambe incrociate sul tappeto, stava aprendo il fragile libro antico che aveva in grembo con la testa china sulle pagine color crema, gli umidi capelli neri che oscillavano sulla fronte. Catherine non avrebbe saputo spiegare perché quella scena le dava tanto sui nervi, stimolando in lei un istinto di fuga.

Roger, però, doveva essere ancora sveglio nella camera da letto al piano di sopra. Roger, Julian e il bosco buio di Martinekerke: si trattava di scegliere fra un diavolo, un altro diavolo, e un'acqua tutt'altro che santa.

Catherine uscí nella notte con la T-shirt e una giacca a vento poggiata sulle spalle e soltanto una piccola torcia a guidarla nel buio. Non l'accese nemmeno, lasciandola nella tasca posteriore dei jeans nella speranza che gli occhi si abituassero alla luce delle stelle, cosa che evidentemente succedeva a persone come Dagmar.

Attraversando la strada, il tatto e l'udito, non sorretti dalla vista, le dissero che i piedi abbandonavano l'asfalto liscio per approdare ai margini fogliosi del bosco. Avanzò cautamente trascinando il passo, affidando all'aura corporale il compito di segnalarle l'approssimarsi degli alberi. Su in alto, il cielo restava nero; forse quella fastidiosissima umidità indicava che era nuvoloso.

Sfilò la torcia di tasca indirizzando il sottile raggio sul terreno davanti a sé. Un cerchietto di foglie e terra emerse dall'oscurità come l'immagine su uno schermo televisivo. Inclinando il polso si spostò, guizzando avanti e indietro fra gli alberi, facendosi via via piú tenue. Dopo appena trenta secondi di utilizzo, la batteria della torcia era già stanca; quella minima scorta di energia non poteva sostenere la sfida di un intero bosco immerso nella notte. Catherine la spense augurandosi che andasse tutto per il meglio.

Lo sai perché sei qui, vero? la sfidò una voce dentro di lei. Ma non ebbe paura: era la sua voce, intima e paziente, non la straniera terrificante che una volta le aveva ordinato di ingoiare il veleno o di tagliarsi la carne dei polsi. Era semplicemente una piccola, innocua conversazione interna, fra Catherine e se stessa.

No, dimmelo, perché sono qui? chiese lei di rimando.

Stai aspettando quel grido, fu la risposta.

Si addentrò ulteriormente nel bosco, impaurita e impenitente. Un venticello sussurrava fra gli alberi, una vera benedizione dopo il calore stagnante intrappolato all'interno della casa. Stava solo prendendo una boccata d'aria fresca, tutto qui. I fantasmi non esistono: alla luce del giorno, un fantasma avrebbe immancabilmente rivelato di essere un gufo, o un lupo, o tuo padre sulla soglia della tua camera da letto, o una busta di plastica impigliata in un ramo, agitata dal vento. I morti restano morti. I vivi devono tirare avanti, senza aiuto né intralci da parte del mondo degli spiriti.

Gli occhi di Catherine si erano ormai abituati al buio, e scorgeva i rami degli alberi attorno a sé, nonché una vaga immagine del terreno sotto i piedi. Stanca di perdersi ma desiderosa di trattenersi ancora nel bosco, girava in cerchio, senza perdere di vista le remote luci dorate della casa. Sbatteva i palmi contro gli alberi oltrepassandoli, ruotandoci attorno come una bambina con i pali, le mani deliziate dalla scabrosità della corteccia.

Una mezz'ora dopo si accorse che le scoppiava la vescica – tutti quei bicchieri di succo di frutta! – e si accovacciò su una radura a fare pipí. L'urina frusciava tra le foglie, e qualcosa di non meglio identificato sfregava dolcemente contro il sedere nudo.

Speriamo che non mi salti niente dentro mentre sono cosí esposta, pensò, e intanto, nel castello, le luci si spegnevano.

La mattina dopo Ben Lamb, che aspettava l'*havermout*, alzò lo sguardo speranzoso sentendo entrare qualcuno in cucina. Ma era solo Julian, che andava a prendere il caffè.

– Ho fatto una scoperta sensazionale ieri sera, – disse Julian, mentre il bollitore lanciava un fischio indolente.

– Mm? – fece Ben.

– Un'edizione originale delle canzoni di Massenet, stampata nel 1897, e ne include alcune che di sicuro non hanno mai visto la luce del giorno; stava proprio lí, poggiata sullo scaffale. Nessuno l'ha mai degnata di uno sguardo!

– Come fai a saperlo?

– Le pagine erano ancora intonse. Ma ci pensi? Totalmente... vergine!

– E tu lei hai tagliate, Julian?

– Ci puoi scommettere, – disse Julian, con un sorriso a trentadue denti. – Ed è stata una sensazione magnifica, te l'assicuro –. Stava sbirciando nel frigorifero quando Dagmar, vestita di tutto punto e con Axel già nello zaino, passò davanti alla cucina.

– Sei pregato di lasciare qualche uovo per gli altri, – gli urlò da sopra la spalla.

Julian contorse il viso in un ghigno malefico rivolto a Dagmar, che nel frattempo usciva sbattendo la porta.

– *Jawohl, mein Kommandant!*

Ben sospirò. Il Coro Courage era vicino al limite della sua capacità di coesistere in armonia, quantomeno in una casa che sembrava una sauna. Erano solo le 10.30 del mattino e già si soffocava; non erano certo le condizioni ideali per superare gli insidiosi labirinti vocali tracciati per loro dal signor Fugazza. Stando a un numero di importazione del «Times» che Dagmar aveva preso a Martinekerke il giorno precedente, Londra e dintorni erano sferzati da una pioggia battente: quando si sarebbero decise quelle nuvole ad arrivare anche laggiú?

Roger entrò in cucina, reduce da un'altra telefonata.

– Wim Waafels, l'artista video, viene qui oggi pomeriggio, – disse con aria mesta.

– C'è qualche problema? – si informò Ben.

Roger si passò le dita fra i capelli, due grosse chiazze di sudore che già gli scurivano la camicia in corrispondenza delle ascelle mentre cercava un modo per sintetizzare i suoi motivi di apprensione.

– Per dirla in due parole, ho idea che Dagmar non stravederà per lui, – disse alla fine.

– Oooh, – sbottò Julian con fare teatrale, – sai che novità! Ho trovato l'anima gemella. Non sai mai le fortune che ti riserva un grande bosco.

Roger si trascinò verso il forno, stanco di tenere insieme la sua famigliola, giorno dopo giorno. Si versò una tazza di tè dal bollitore che era rimasto trascurato sul fuoco.

– Qualcuno ha visto il nostro soprano? – chiese, cercando di non alterare la voce.

Ben scosse la testa. Julian lo guardò dritto in faccia, e vide uno sguardo che gli veniva particolarmente facile riconoscere: quello di un uomo che si chiede dove la moglie abbia passato la notte.

– È andata a fare due passi, – disse Julian. – Dopo l'ora delle streghe.

Roger sorseggiò il tè, un uomo infelice.

Poi, qualche minuto dopo, la porta d'ingresso si aprí rumorosamente e si sentirono risuonare dei passi nell'ingresso. Julian indurí la mascella aspettandosi un'altra invasione tedesca.

Invece, Catherine entrò in cucina. Camminava lentamente, con aria sognante, senza fretta di dedicare la sua attenzione agli uomini. I capelli arruffati erano un nido d'uccelli, la pelle colorita, gli occhi socchiusi. Minuscole foglie e pezzetti di ramo erano rimasti attaccati ai polpacci dei fuseaux.

– Ti senti bene, Kate? – chiese Roger.

Catherine sbatté gli occhi, accorgendosi per gradi dell'esistenza del marito.

– Sí, sí, certo, – rispose in tono spensierato. – Sono andata a fare una passeggiata, tutto qui.

Raggiunse il forno con passo felpato, dando dei colpetti alla spalla del marito nel passargli accanto, perché il poveretto aveva un'aria cosí sconsolata.

– Qualcuno vuole un po' di porridge? – chiese, trovando la faccia di Ben esattamente dove si aspettava che fosse e contemplandola con un sorriso.

Benché ci fossero due ore da ammazzare prima dell'arrivo di Wim Waafels, il Coro non cantò. Per tacito accordo, stavano concedendo un po' di riposo al *Partitum Mutante* mentre il tempo si esprimeva al peggio. Ben sedeva accanto alla finestra cercando di farsi passare il mal di testa e l'indigestione; gli altri ciondolavano per casa, gingillandosi con strumenti musicali, libri e accessori vari. Julian suonava *Für Elise* di Beethoven al piano, a ripetizione, inceppandosi sempre allo stesso punto; Catherine, accovacciata vicino all'arcolaio, tastava le varie parti con fare esitante, cercando di capire se funzionava o era solo ornamentale. Roger, seduto al computer, dava una scorsa allo spartito del *2K + 5* di Paco Barrios, ricordando a se stesso che la vita sarebbe continuata dopo il *Partitum Mutante*.

All'ora prevista per l'arrivo del signor Waafels, i componenti inglesi del Coro Courage – sempre per tacito accordo – si erano riuniti, decisi a prendere con filosofia quella visita e gli eventuali esiti. Solo Dagmar non si uniformava allo spirito imperante. Qualcosa nei modi di Roger la induceva a sospettare che qualcuno fosse sul punto di far vibrare le corde eccessivamente tese della sua sopportazione.

– Hai parlato con questo tizio, vero? – si informò con circospezione.

– Al telefono, sí, – disse Roger.

– È uno sciroccato?

– No, no... – la rassicurò Roger in tono vivace. – A sentirlo sembra... uno che sa il fatto suo, davvero.

– Insomma è un tipo a posto?

– Ha... ha un forte accento olandese. Molto piú di Jan van Hoeidonck, per esempio. È giovanissimo, da quanto ho capito. Dovrebbe avere la tua età. Non è un vecchio parruccone come noi, eh, eh, eh.

Dagmar strinse gli occhi con disprezzo. Aveva sempre nutrito grande rispetto per Roger Courage, ma in quel momento le ricordava i direttori del Dresden Staatsoper.

Si udí un veicolo avvicinarsi allo Château de Luth, benché fosse a mezzo miglio di distanza, invisibile.

– Dev'essere lui, – disse Roger, defilandosi elegantemente da Dagmar per piazzarsi alla finestra. Ma quando il veicolo divenne visibile, rivelò di non essere un furgoncino né una macchina, bensí una motocicletta, che rombava attraverso l'immobilità del bosco di Martinekerke in una caligine di benzina, il conducente bardato di pelle grigia, guanti tempestati di borchie e casco argentato, come un soldato medievale in cerca di Thierry la Fronde e della sua banda di allegri compari.

Quando l'ebbero invitato ad accomodarsi, Wim Waafels si rivelò, almeno dal punto di vista fisico, un esemplare leggermente piú impressionante di Pino Fugazza; ma del resto c'era da aspettarselo.

Una volta di piú, mentre si levava il casco e la giacca di pelle nel salone del castello, vari componenti del Coro Courage meditarono fra sé sull'infinita portata della bruttezza umana.

Era un giovanotto – venticinque anni, per sua stessa ammissione, anche se ne dimostrava diciassette – con una goffa postura da adolescente sovrappeso. Indossava pantaloni a coste color ocra, scarponi militari e una T-shirt smisurata e logora con sopra impresso l'ingrandimento di un fotogramma tratto da *Un Chien Andalou* di Buñuel: la lama del rasoio che incombe sull'occhio della donna. Gli occhi di Waafels, quelli, erano iniettati di sangue e affossati, e sprizzavano un'intelligenza schietta ma alquanto settoriale. Il sudore e qualche brufolo luccicavano sul faccione simile a una zucca; la testa era sormontata da un cespuglio di capelli quasi incolore scolpiti con il gel.

– Ehm... si sente piú caldo o piú fresco a guidare una motocicletta? – chiese Catherine, sforzandosi di fare conversazione mentre gli porgeva un grosso bicchiere di succo d'arancia.

– Tutti e tue, – rispose lui.

Pur provvisto di un buon vocabolario, Wim aveva un accento cosí pronunciato che sembrava aver imparato la lingua servendosi di tecniche completamente diverse rispetto a quelle adottate dagli altri olandesi che avevano conosciuto – CD rom interattivi, forse, o quei marchingegni per tradurre fotografati sugli opuscoli che cadono aprendo il «Radio Times».

Piú preoccupanti dell'accento erano il rossore e il balbettio che lo colsero quando gli presentarono Dagmar: evidentemente aveva un debole per le giovani tedesche muscolose e con il seno grande, anche se non si mostravano particolarmente amichevoli. Forse aveva scambiato lo sguardo in cagnesco di Dagmar per il broncio finto pericoloso delle pupattole di Mtv.

– Ciao, zono Wim, – le disse.

– Magnifico. Vediamo il video, – disse Dagmar.

Esaurite le insulsaggini, si misero prontamente al lavoro. Wim aveva portato con sé un video delle sue immagini per il *Partitum Mutante*. Sul dorso della cassetta, aveva scarabocchiato con un pennarello argentato «*PArTiTEm M!* » Questo, ancor piú dell'aspetto del signor Waafels, fece suonare il campanello d'allarme nei crani surriscaldati del Coro Courage.

Ci fu un leggero ritardo provocato dal fatto che il televisore non era collegato al videoregistratore. Una stranezza che indusse Wim a inarcare un sopracciglio: l'unica spiegazione plausibile era che il Coro Courage avesse giocherellato con cavi e spine usando campionature digitali, tastiere Midi o altri sofisticati strumenti tecnologici. L'idea che il Coro Courage semplicemente non guardasse il televisore non lo sfiorò nemmeno.

Wim Waafels collegò gli apparecchi con gesti pratici e disinvolti, sfiorando nei limiti del possibile una certa grazia fisica. Dopodiché chiese che venissero chiuse le tende affinché la luce del giorno non compromettesse la nitidezza delle immagini. Roger eseguí, o quantomeno ci provò.

– Non zi può farre piú zcurro di cozí? – si informò Waafels tutto agitato, mentre il sole attutito accendeva un bagliore ambrato nella stanza.

Roger armeggiò con le tende, tentando vari sistemi.

– Questo è il massimo del buio che riusciamo a ottenere, – disse.

Si inginocchiarono tutti intorno al televisore, tranne Ben, impedito com'era dalla stazza imponente; prese posto sul divano, dicendo che ci vedeva benissimo anche da quella distanza.

– Ok, – dichiarò Wim. – Il pupplico è qui, foi ziete zul palco, le luci zi zpencono... puio!

La videocassetta cominciò a ronzare dentro il lettore, e lo schermo, dapprima niveo, diventò di un nero assoluto. E tale rimase per quello che sembrò un mucchio di tempo, anche se forse non furono piú di trenta secondi – un minuto al massimo.

– Dofete immacinare che ztate cantanto, naturalmente – consigliò Wim Waafels.

– Naturalmente, – disse Julian, avvicinandosi un po' piú al televisore per non vedere la faccia di Dagmar.

Il nero dello schermo si andava finalmente attenuando un po' al centro, assumendo i toni del rosso violaceo – o forse era un'illusione ottica dovuta all'affaticamento della vista. Ma no: qualcosa stava decisamente prendendo forma in quel punto.

– In principio, l'univerzo era zenza forma, zí? – spiegò Waafels. – Il puio avanza zulla faccia degli apizzi –. Scivolando sulle testine del videoregistratore, il nastro produceva un lieve rumore stridulo che a Catherine faceva accapponare la pelle; quanto avrebbe voluto che Ben intonasse i suoi reboanti mugugni tibetani per dare a quel lugubre vuoto una colonna sonora umana.

Dopo un'eternità, gli amorfi ghirigori simili a inchiostro finalmente si fusero in... che cosa? In una specie di luccicante orifizio color malva.

– Ora, zapete coz'è quezto? – li sfidò Waafels.

Ci fu un silenzio imbarazzato, poi Ben disse in tono stentoreo:

– Io credo di saperlo, – la voce calma e delicatamente risonante. – È il primo piano di una laringe, vista da un laringoscopio.

– Molto pene, molto pene! – disse Waafels, felice di aver trovato un'anima sintonizzata sulla sua lunghezza d'onda. – In principio fu il monto, zí? Il monto che fiene ta tentro le corte focali ti Tio.

Trascorse un'altra eternità mentre la tremula laringe si apriva e si chiudeva, si apriva e si chiudeva, scintillando immersa nei suoi umori. Catherine sentiva la nausea montarle nello stomaco mentre l'immagine si faceva piú chiara e piú rosa, e lanciò un'occhiata di straforo ai compagni per vedere se avevano la sua stessa sensazione. Roger aveva la faccia irrigidita dalla concentrazione, restio a lasciarsi sfuggire qualche particolare fondamentale se e quando si fosse manifestato. Julian e Dagmar, benché avrebbero detestato sentirselo dire, si somigliavano in modo sorprendente: increduli, a bocca aperta, resi bellissimi dal disprezzo. Catherine moriva dalla voglia di girarsi a guardare Ben, solo che non voleva metterlo in imbarazzo, perciò tornò a dedicare l'attenzione all'apertura di carne spalancata sullo schermo. A quel punto, grazie all'impiego di qualche magia digitale, la laringe cominciò a modificarsi; la *plica vocalis* cosí simile a un paio di labbra e la *vallecula* si stavano trasformando, cellula dopo cellula, nella vulva di una donna in avanzato stato di gravidanza. Poi, con angosciosa lentezza, minuto silenzioso dopo minuto silenzioso, la vagina si dilatò rivelando la testa grigia e lucente di un bambino.

Il Coro Courage non disse una parola mentre il parto a velocità di *largo* seguiva il suo decorso vivido e scintillante sullo schermo che avevano davanti. Ciascuno, però, dentro di sé sapeva che la durata del *Partitum Mutante* superava di un soffio la mezz'ora, e il timer sul videoregistratore teneva il conto di ogni singolo secondo.

Quando, dopo tanto, il neonato Adamo o Pianeta Terra o quello che voleva essere prese finalmente a contorcersi venendo alla luce – la scivolata finale al rallentatore quasi insopportabilmente movimentata dopo le immagini precedenti – il Coro Courage riprese a respirare. Presto, lo sapevano, le luci si sarebbero accese.

– Naturalmente, – disse Wim Waafels, mettendo le mani avanti, – cozí l'effetto è completamente diferzo, zu uno zchermo cozí piccolo.

– Non ho dubbi, – disse Roger.

– Nell'ezipizione dal fifo, l'immacine zarà molto molto crante, e foi zarete molto piccoli. Fi... affolcerà.

– Mmm, – fece Roger, come se un capo beduino lo stesse guardando mangiare gli occhi di una pecora a un banchetto delicato da un punto di vista politico.

– Mmm, – concordò Catherine, improvvisamente lieta di avere accanto il marito a suggerirle *le mot juste*.

Poi, con provvidenziale tempismo, il piccolo Axel si mise a piangere al piano di sopra, e l'uscita di Dagmar dalla stanza fu un *fait accompli* prima che Wim Waafels avesse occasione di chiederle un parere. Sembrava un po' abbacchiato per aver perso cosí di punto in bianco l'unico esponente della sua generazione, ma si rivolse ai componenti piú anziani e meno avvenenti del Coro senza malanimo.

– Quezto fi tà un'itea, zpero? – disse a Julian, chiaramente quello piú vicino alla sua età dopo Dagmar.

– Altroché, – replicò Julian in tono malizioso. – Sono sicuro che chiunque veda questo suo lavoro cosí straordinario non lo dimenticherà tanto facilmente. Mi dispiace solo dover stare sul palco anziché tra il pubblico.

Waafels si affrettò ad assicurargli che aveva provveduto anche a questo.

– Farò un fiteo tello zpettacolo, – disse.

– Magnifico! Magnifico! – esultò Julian, dando le spalle a Roger Courage per non lasciarsi inibire dal suo sguardo ammonitore. – Un video all'interno del video. È cosí postmoderno!

Waafels sorrise timidamente mentre il ghignante Julian gli assestava una pacca sulla spalla.

Piú tardi, quando Wim Waafels se ne fu andato e Julian si fu congedato, i Courage si rivolsero a Ben, che esaminava meditabondo le prime due pagine dello spartito del *Partitum Mutante*.

– Be', che ne pensi, Ben? – chiese Roger con un sospiro.

– Sono troppo vecchio per vantarmi di sapere qualcosa di video art, – ammise Ben con condiscendenza. – Però c'è una cosetta che mi preoccupa.

Ancora un po' pallida e smunta dopo il fiotto di placenta al rallentatore, Catherine attese in silenzio che desse voce ai suoi timori.

– Quando è buio pesto, nel nero che precede la nascita del mondo, – meditò Ben, – come facciamo a vedere lo spartito?

Il giorno successivo era il penultimo allo Château de Luth, e il Coro lo trascorse in buona parte a litigare.

Il clima inizialmente, nelle brevi ore di frescura mattutina prima che il caldo prendesse il sopravvento, fu abbastanza educato. Catherine preparò la solita colazione a base di *havermout* per Ben, rasserenata dal piacere di quella muta routine legata al nutrimento. Lui mangiava, lei guardava, mentre il sole inondava entrambi, facendoli brillare come lampadine. Quando l'eccesso di luminosità si rivelò d'intralcio, Catherine strizzò gli occhi ma non smise di guardare, e Ben li mantenne bassi, sorridendo nel vapore del porridge.

Julian era rintanato in camera sua, sicuramente per evitare di riprendere le ostilità della sera precedente con Roger sulla questione Waafels. Roger non aveva gradito il sarcasmo di Julian, convinto che se Waafels ci fosse rimasto male avrebbe pensato che Julian parlasse a nome di tutto il Coro Courage; Julian aveva ribattuto che sperava bene di parlare a nome di tutto il Coro Courage, e se Roger era tanto entusiasta di cantare dentro un paio di labbra grosse come la porta di un fienile faceva meglio a dirlo subito chiaro e tondo.

Sulla scia di quella lite, si era prodotto un curioso mutamento nell'atmosfera del castello, da un punto di vista sonico. Julian aveva sottratto il televisore al pubblico dominio e l'aveva portato a braccia al piano di sopra, sostenendo che se doveva sopportare un'altra notte insonne gli serviva qualcosa che gli impedisse di dare i numeri. E, in effetti, a mezzanotte Catherine aveva sentito, dal proprio letto, i suoni attutiti di litigate e tenere riconciliazioni olandesi al di là della parete. Era un cambiamento rispetto al silenzio arcano, ma non necessariamente gradito.

Quella mattina, pur non sentendo alcun suono televisivo riconoscibile filtrare fino alla cucina, Catherine aveva la sensazione che con tutta probabilità la tv stesse ancora blaterando nelle orecchie di Julian in camera sua, perché il silenzio sembrava in qualche modo privato della sua purezza. C'era un brusio impercettibile, l'equivalente sonoro della caligine che si leva da una fetta di pane bruciato, a offuscare l'accesso di Catherine all'immensità acustica del bosco. Sentiva il bisogno di precipitarsi là fuori, lasciandosi quella caligine alle spalle.

Peccato che Dagmar non volesse andare a fare un giro in bici. Con l'aria di chi non ne può piú e ha dormito poco, entrò in cucina senza altro scopo evidente se non quello di controllare che Julian non avesse toccato le uova nel frigo.

– Mi si stanno spaccando i capezzoli, – brontolò, facendo arrossire fino alle orecchie Ben chino sull'*havermout* dietro di lei. – Prima uno era ancora passabile, adesso nemmeno quello. Oggi deve piovere... deve, deve, deve. E non capisco perché avete lasciato andar via quel coglione di Wim Waafels senza rompergli il grugno.

Stufa di saltare di palo in frasca, sbatté lo sportello del frigorifero e uscí dalla cucina pestando i piedi.

Catherine e Ben rimasero seduti in silenzio sentendo che Dagmar tendeva un'imboscata a Roger nella stanza accanto mettendosi a litigare con lui. La voce della ragazza tedesca arrivava forte e chiara, un rabbioso contralto di penetrante musicalità. Il baritono di Roger era piú attutito, le dolenti parole di difesa perdevano parte della chiarezza passando attraverso le pareti.

– Non si è mai ventilata l'ipotesi, – stava dicendo, – di una scelta da parte nostra...

– Io sono una cantante, – gli ricordò Dagmar. – Non una bambola per il sollazzo di qualche sciroccato.

Il ronzio ragionevole della voce di Roger: – ...evento multimediale... noi siamo solo uno di quei media... problema con tutte le collaborazioni... compromesso... non sono cattolico, eppure canto gli accompagnamenti alla messa latina...

– Ci risiamo, mi sembra di essere tornata al Dresden Staatsoper!

E andarono avanti, finché gli ascoltatori smisero di far caso alle parole. Catherine e Ben lasciarono invece che il suono delle voci dei litiganti sciabordasse in sottofondo, una congerie avanguardistica di *Sprechstimme*.

Poco dopo ecco scendere Julian che, sentito odore di sangue, lasciò perdere caffè e pane tostato per unirsi alla rissa.

Per Roger era troppo: temendo colpi bassi, convocò una riunione del Coro al gran completo, e i cinque si sedettero nel salone, dove avevano cantato senza posa il *Partitum Mutante*, a bisticciare.

– Se vogliamo evitare di prendere altre fregature come questa in futuro, – dichiarò Julian, – l'unica è diventare proibitivi per le tasche dei matti.

– Si può sapere che intendi dire, Julian? – sospirò Roger.

– Cantare un repertorio molto piú popolare e imporre prezzi piú alti sui biglietti. Fare piú registrazioni, rendere le nostre belle facce note a cani e porci. Cosí, quando ci offrono un incarico, possiamo scegliere. E conservare una specie di diritto di veto. Niente trafficanti d'armi italiani, niente invasati di ginecologia.

– Ma, – disse Roger trasalendo, – la nostra forza non è sempre stata nel nostro coraggio? Cioè, nella nostra... um... disponibilità a mostrarci aperti verso le novità?

Catherine si lasciò sfuggire una risatina, ripensando alla vulva spalancata che aspettava solo di «affolcerli».

– Forse Kate, a suo modo, ci sta ricordando la necessità di non perdere il senso dell'umorismo, – suggerí Roger, ormai in preda alla disperazione.

– No, no, stavo solo... non importa, – disse Catherine, senza smettere di ridacchiare dietro la mano. Roger la fissava diffidente, implorante: lei sapeva benissimo che stava cercando di stabilire quanto fosse matta in quel momento, con quanta brutalità potesse voltargli le spalle. Lui aveva bisogno di averla al suo fianco, mentalmente fragile o meno; aveva bisogno che vedesse la realtà come la vedeva lui, indipendentemente dalla malignità con cui i suoi demoni interiori le impedivano di esprimerla in termini ragionevoli. Lei non aveva il coraggio di dirgli che non esistevano piú demoni interiori che la inducessero a ridere; era solo che in quel momento aveva per la mente cose piú importanti del Coro Courage.

– I King's Singers hanno avuto un successo strepitoso all'Albert Hall, – insistette Julian.

A questo Roger s'inalberò; significava mettere il dito nella piaga. – Stammi a sentire, non mi sono avventurato con la mia barchetta nel pericoloso mare del canto a cappella, – fece notare stizzito, – per cantare *Obla-di, Obla-da* a una massa di filistei dai buffi cappellini.

– Una massa *sterminata*, – gli ricordò Julian. – Quanti verranno a sentire noi al Benelux Contemporary Music Festival?

– Per l'amor del cielo, Julian, stai forse dicendo che dovremmo cantare Andrew Lloyd Webber e *Raindrops keep falling on my head* come se fosse un mottetto?

– E bravo il signor Courage: *reductio ad absurdum*! – Julian si stava impennando in modo preoccupante, sembrava tarantolato. – Il mio umiliiiissimo consiglio è di prendere anche solo *in considerazione* qualcosa che potrebbe piazzare qualche *culetto* relativamente intelligente sui posti a sedere. I Beatles, per quanto la cosa possa sconcertarti, ispirano molto piú amore di Pino Fugazza e del signor Waffels messi assieme, sempre che sia possibile immaginare una simile accoppiata senza uno sbocco – annaspò per riprendere fiato – di vomito.

– Sí, ma...

– Lo sai che cosa ci varrebbe un grande trionfo? – tuonò Julian, ormai fuori di sé. – La *Bohemian Rhapsody* dei Queen, arrangiata per cinque voci.

Dagmar sbuffò rumorosamente.

– Credete che scherzi? – esclamò Julian, che aveva un diavolo per capello. – Sentite qua! – E sbottò a cantare un passo della *Bohemian Rhapsody*, sciorinando tutta la sua estensione vocale che andava da un orribile finto basso a un falsetto di spietata precisione: *Bis-mil-lah! No-o-o-o! We will not let you go – Let him go-o-o-o! Will not let you go – Let him go-o-o-o! No, no, no, no, no, no, no – Mama mia, mama mia, mama mia let me go...*

Fortuna volle che la furia di Julian svaporasse prima di arrivare a quel *Beelzebub has a devil put aside* cosí familiare per averlo sentito tante volte sulla sua segreteria telefonica, e si lasciò crollare sulle ginocchia.

– Tu sei matto, – dichiarò Dagmar, ammirata, mentre nella stanza soffocante tornava a calare il silenzio.

– Tu che ne pensi, Ben? – disse Roger in tono implorante.

Ben fece un profondo respiro, sbattendo gli occhi mentre l'aria asfittica continuava a essere corsa da vibrazioni negative.

– Penso che una cosa è certa, – disse. – Ci siamo impegnati a cantare il *Partitum Mutante* al Benelux Contemporary Music Festival. Se lo facciamo, qualcuno metterà in dubbio il nostro buon senso. Se ci tiriamo indietro, tanti metteranno in dubbio la nostra serietà professionale.

Dagmar si scostò una pesante ciocca di capelli dal viso in un parossismo di fastidio.

– Siete tutti cosí inglesi, – si lamentò. – Vi uccidereste pur di non deludere l'impresa di pompe funebri. Perché non possiamo dire al Benelux Music Festival di ficcarsi i loro vari Fugazza e Waafels su per il culo?

– Aahh... Forse dovremmo considerare la cosa dalla prospettiva opposta, per cosí dire, – dichiarò Roger, con torvo ottimismo. – Sembriamo dare tutti per scontato che le ripercussioni negative di questo evento metteranno in cattiva luce la nostra reputazione, ma chi dice che non si riveli una manna dal cielo? Se il *Partitum Mutante* solleverà un polverone aizzando la stampa, il Coro sarà sulla bocca di tutti. In questo senso, indipendentemente da quello che provate davvero nell'intimo, sarebbe un bel salto qualitativo in termini di notorietà.

– E bravo il mignottone, – disse Julian con un broncio sarcastico.

– Come *dici* scusa?

– Intendevo in senso buono.

Chiaramente, da lí in poi la discussione non poteva che degenerare, e peccato che mancassero ancora molte ore alla fine della giornata. A piú riprese, inesorabili come una funzione corporea, gli spasmi incontrollabili della disputa tornavano a riaccendersi. Catherine, benché immersa nella battaglia fino alle ginocchia, la guardava come da grande distanza. Sapeva che Roger non le avrebbe chiesto un parere, non dopo quelle sue risatine; aveva troppa paura che gli facesse fare una figuraccia mettendosi a parlare di biancheria intima. O forse temeva che si limitasse a fissarlo in preda a un ottenebramento intorpidito, come se lui cercasse di tirarla fuori da un pozzo senza fondo. Non si rendeva conto che lei ormai era altrove.

La verità era che tutto quel trambusto intorno al *Partitum Mutante* e al futuro del Coro non le faceva né caldo né freddo, e godeva del fatto che lo stesso valesse per Ben. Ogni volta che riusciva a farlo senza suscitare imbarazzo in nessuno dei due, si girava a lanciargli un'occhiata e sorrideva. Ben ricambiava i sorrisi, pallido per la stanchezza, mentre tra lui e Catherine si frapponeva tutto un rimbalzare di voci caustiche.

Lei pensò: *Oserei fare qualcosa che potrebbe mandare a rotoli due matrimoni?*

Alla fine, fu ancora una volta Axel a trarli in salvo. Strano come quella creaturina priva di orecchio musicale, quel marsupiale non invitato da nessuno che secondo le aspettative si sarebbe continuamente intromesso in una faccenda seria come il canto, li avesse lasciati entrare in sintonia con il *Partitum Mùtante* senza mai interromperli per due intere settimane, facendosi sentire solo quando poteva esercitare il suo ruolo preferito di paciere.

Quel giorno, aveva permesso al Coro di litigare per tutta la mattinata e tutto il pomeriggio, accontentandosi dapprima di non imporre restrizioni piú ambiziose se non quella di ricordare, ogni qualche ora, che dovevano fare una breve pausa per nutrirsi e dissetarsi. Però, quando calò la sera e loro seguitavano ad accanirsi, Axel decise che era il caso di adottare misure drastiche. Si spolmonò con l'intento di attirare la madre verso il suo corpicino febbricitante, che lui aveva marinato in una quantità di vomito e escrementi tale da guadagnarsi un bagno. Dagmar, interrotta proprio sul punto di annunciare la sua defezione dall'alleanza anglo-tedesca, ricacciò in gola le parole, salí pestando i piedi al piano di sopra e... non fece ritorno.

Il suo allontanamento ruppe quel vincolo di ostilità quasi spiritico e il Coro Courage, esausto, si disperse. Non avevano deciso niente, e la pioggia era ancora di là da venire. Julian se la svignò per farsi consolare dai borbottii della televisione olandese; Roger disse che sarebbe andato a letto, anche se l'espressione di ferito stoicismo che aveva sul viso faceva pensare che fosse diretto al Monte degli Ulivi per pregare.

Catherine e Ben si sedettero nella sala delle prove, da soli. Dalle finestre, gli alberi del bosco apparivano di un nero lanuginoso contro l'indaco del cielo notturno.

Dopo un po', Catherine disse:

– A che cosa pensi, Ben?

E lui rispose:

– Resta poco tempo. Avremmo fatto meglio a esercitarci un po'.

Catherine annidò la guancia all'interno delle braccia conserte poggiate sullo schienale del divano. Da quell'angolazione, vedeva Ben con un solo occhio; era sufficiente.

– Cantami una canzone, Ben, – sussurrò.

Lui si alzò con un certo sforzo dalla poltrona e andò verso la vetrinetta. Spalancò gli sportelli e ne estrasse uno strumento musicale antico – una tiorba, forse. Una specie di liuto, comunque, reso stridulo dagli anni, scuro come melassa.

Ben tornò alla poltrona, si mise seduto, e trovò il punto meno assurdo del suo corpo tondeggiante dove poggiare il tondeggiante strumento. Poi, dolcemente, cominciò a strimpellare le corde. Dalle profondità del suo petto, sonori come un sassofono, giunsero i versi melanconici di Tobias Hume, risalenti al 1645.

Alas, poore men
Why strive you to live long?
To have more time and space
To suffer wrong?[1]

[1] Ahimè, perché | Lotti contro la morte? | Piú tempo e spazio vuoi | Per subir torti?

Ripensando a una vita dedicata alla guerra e alla musica, il buon Tobias avrebbe potuto benissimo interrompersi a quel punto, e invece seguivano molti altri versi; la musica imponeva di andare avanti, anche se c'era poco da aggiungere a quello stato d'animo. Ben Lamb cantò l'intera canzone, quasi nove minuti in totale, strimpellando nel frattempo il suo triste accompagnamento minimalista. Poi, quand'ebbe finito, si alzò e ripose con cura il liuto nella custodia. Catherine sapeva che subito dopo sarebbe andato a letto.

– Grazie, Ben, – disse, le labbra che respiravano contro l'avambraccio. – Buonanotte.

– Buonanotte, – disse lui, trascinandosi dietro il corpo.

Un'ora dopo, Roger e Catherine fecero l'amore. Sembrava l'unico modo per rompere la tensione. Lui allungò una mano cercandola, la sua strana e irraggiungibile moglie, e lei cedette e si lasciò prendere.

– Non ci capisco piú niente, niente, – gemette Roger, nella sua solitudine, mentre lei gli accarezzava la schiena umida.

– Non ci capisce niente nessuno, caro, – sussurrò Catherine distrattamente, lisciandogli i capelli con le mani. – Adesso dormi.

Non appena scivolò nel sonno, lei si scoprí, immaginando di fiammeggiare come brace ardente. Nella casa regnava il silenzio piú assoluto; il rapporto di Julian con la televisione doveva essersi esaurito. Fuori, nel bosco, l'odore della pioggia imminente si gingillava sulla cima degli alberi, impertinente.

Sul punto di addormentarsi, Catherine pensò che stesse già sognando; c'erano dei rumori inquietanti che sembravano provenire dall'interno del suo corpo, i rumori di una creatura in difficoltà, che lottava per respirare, facendole vibrare i tessuti. Poi, a un tratto venne risvegliata da un grido realissimo che veniva dall'esterno. Il grido di un bambino, spaventato e incapace di parlare. Era quasi sicura che fosse Axel, ma l'istinto le diceva che era provocato da qualcosa che Dagmar non riusciva a gestire da sola.

Roger dormiva come un ciocco; lei lo lasciò tranquillo e si buttò addosso la vestaglia uscendo in fretta e furia dalla stanza.

– *Hilfe!* – urlava Dagmar a perdifiato.

Catherine corse nella stanza della ragazza tedesca, ma Axel era lí da solo, a dimenarsi e strepitare su un letto dalle coperte scagliate da una parte.

– Aiuto!

Catherine si precipitò nella stanza accanto, la stanza di Ben. Ben era sdraiato in terra vicino al lettino, il pigiama strappato che lasciava scoperto l'enorme busto esangue. Dagmar era china sopra di lui, sembrava che lo baciasse sulla bocca. Poi, ritraendosi, posò le mani sul petto tumido, schiacciando un palmo scuro sopra l'altro; con forza selvaggia riversò il peso delle spalle lungo le braccia muscolose, premendo tanto da formare un avvallamento nella carne di Ben.

– La respirazione. Fagliela tu, – ansimò concitata, spingendo ripetutamente sul punto dove era sicura si trovasse lo sterno ben nascosto. Il colossale petto di Ben si ergeva a una tale altezza dal pavimento che a ogni spinta le ginocchia di Dagmar si sollevavano in aria.

Catherine attraversò la stanza d'un balzo e si inginocchiò vicino alla testa di Ben.

– Roger! Julian! – sbraitò, poi premette le labbra direttamente contro quelle di Ben. Nelle pause fra le pressioni ritmiche di Dagmar, soffiava con quanto fiato aveva in corpo. Riempiva i polmoni fino a sentire che la trafiggevano, e poi soffiava, soffiava, soffiava, e soffiava ancora.

Ti prego, ti prego, respira, pensava, ma Ben non respirò.

Julian entrò nella stanza come una furia, e per un attimo rimase sopraffatto alla vista delle due donne, Dagmar completamente nuda e Catherine con la vestaglia slacciata, inginocchiate in terra con Ben.

– Eh... – annaspò, gli occhi fuori dalle orbite, prima di intuire quale fosse la realtà. Uscí di volata dalla stanza, urlando a squarciagola, cercando un telefono nel buio.

La luce nello Château de Luth era fioca e perlacea il giorno prefissato per il rientro a casa del Coro Courage. Il tempo era finalmente cambiato. I bagagli ingombravano il salone simili a orribili sculture moderne accostate a viva forza ad arcaici arcolai, flauti dolci, libri rilegati in pelle e liuti.

Jan van Hoeidonck sarebbe arrivato da un momento all'altro a bordo del suo minibus giallo banana, dopodiché, di sicuro, una volta sgombrata la casa Gina sarebbe andata a pulire. Un paio di mobili dell'ingresso erano stati malamente danneggiati dai portantini dell'ambulanza facendo passare il corpo di Ben attraverso lo stretto pertugio, ma i proprietari del castello non potevano che fare buon viso. Inutile aspettarsi che i pezzi d'antiquariato durassero in eterno; prima o poi, il deterioramento dei secoli avrebbe avuto la meglio.

In piedi vicino alla finestra, lo sguardo cieco fisso sui milioni di minuscoli sassolini di grandine che turbinavano sbatacchiando contro i vetri, Roger si risolse a sollevare l'argomento che bene o male andava affrontato.

– Dobbiamo decidere che cosa fare, – disse in tono pacato.

Dagmar si girò dall'altra parte, guardando in terra anziché al bambino che teneva stretto fra le braccia. Lei un'idea di che cosa avrebbe fatto ce l'aveva, e chiara, ma non era quello il momento di esporla a Roger Courage.

– Per il festival c'è ancora tempo, – disse, dondolandosi sulla valigia di plastica spropositatamente grossa di Catherine.

– Sí, ma non aspetta certo noi, – disse Roger.

– Dàcci un taglio, Roger, – gli consigliò Julian sommessamente, chino sul pianoforte, le lunghe dita che sfioravano tutti i tasti senza premerli.

Roger fece una smorfia vergognandosi di quello che stava per dire, di quello che non poteva esimersi dal dire, di quello che era costretto dal suo Dio personale a dire.

– Ce la caveremmo egregiamente, – disse agli altri. – La parte del basso nel *Partitum Mutante* è quella di gran lunga piú lineare. Conosco un tizio di nome Arthur Falkirk, un vecchio amico di Ben. Cantavano insieme a Cambridge…

– No, Roger.

Era Catherine a parlare. Aveva la faccia rossa e gonfia, resa irriconoscibile dalle lacrime. Prima di riuscire finalmente a calmarsi quella mattina, aveva pianto con piú trasporto, con meno ritegno di quanto non facesse da quando aveva sette anni. E, quando le sue urla si erano levate piú fragorose, il torrente di pioggia aveva attutito l'acustica dello Château de Luth consentendo a quel lamento di trovare una collocazione accanto allo scricchiolio delle antiche fondamenta, al frastuono dell'acqua che scorreva da tubi di scolo e grondaie, al rumorio dei telefoni. Ora aveva la voce roca, talmente bassa che nessuno l'avrebbe mai presa per un soprano.

Roger tossí a disagio.

– Ben era molto coscienzioso, – disse. – Avrebbe voluto...

– No, Roger, – ripeté Catherine.

Il telefono squillò, e lei sollevò la cornetta prima che il marito riuscisse a muovere un muscolo.

– Sí, – gracchiò nel microfono. – Sí, è il Coro Courage. Parla Catherine Courage. Sí, capisco, non si preoccupi. No, certo che non interpreteremo il *Partitum Mutante*. Forse il signor Fugazza troverà un altro ensemble. Una registrazione sarebbe l'alternativa piú pratica a questo punto, ma sono sicura che il signor Fugazza si farà venire in mente qualcosa... Una dedica? È un pensiero molto gentile, ma non credo che Ben avrebbe apprezzato. Lasci fare a me, mi dia il tempo per pensare. Mi chiami al numero di Londra. Ma aspetti qualche giorno, se non le dispiace. Sí. Di niente. Arrivederci.

Roger era alla finestra, girato di spalle. Aveva le mani strette dietro la schiena, una infilata fiaccamente nell'altra. Stagliato contro la cascata scintillante di grandine, si riduceva quasi a un contorno. All'esterno, si sentí sbattere lo sportello di una macchina; gli altri non avevano nemmeno sentito il minibus di Jan van Hoeidonck arrivare, ma adesso era lí.

Catherine si sedette accanto a Dagmar sulla valigia; era cosí inutilmente grande che il bordo offriva spazio in abbondanza per tutte e due.

– Hai deciso di fare il viaggio con noi questa volta, grazie, – sussurrò all'orecchio della ragazza tedesca.

– Figurati, – dichiarò Dagmar in tono spento. Le lacrime rotolavano giú dalle guance frangendosi sul petto del bambino mentre permetteva a Catherine di stringerle una delle giovani mani d'acciaio che non avevano retto alla sfida di ricacciare la vita nella carne di Ben Lamb.

Il rumore di una spallata che apriva la porta gonfiata dalla pioggia infranse quel momento. Una poderosa raffica di aria umida, fragrante, terrosa spazzò la casa mentre Jan van Hoeidonck faceva il suo ingresso. Senza una parola, andò nel salone, agguantò due valigie – quella di Roger e quella di Ben – e si diede a trascinarle fuori dalla porta. Dagmar e Catherine scivolarono via dalla valigia di Catherine lasciando che Roger la trascinasse sulle rotelle, anche se tanto valeva lasciarla lí. Era piena di vestiti che non aveva messo, di cibo che non aveva mangiato. Avrebbe viaggiato piú leggera in futuro, ammesso che ci fosse un futuro.

Cristo santo, non ricominciare, pensò. *Limitiamoci a tirare avanti*. E corse fuori sotto l'acquerugiola.

Il minibus giallo era piú spazioso di come lo ricordasse, anche se, ora che si erano aggiunti Dagmar e Axel, c'erano piú passeggeri dell'ultima volta – quanto a numero, se non a mole. Roger era seduto di nuovo vicino a Jan van Hoeidonck. Il direttore si allontanò dallo Château de Luth, le labbra serrate, concentrato su quanto vedeva attraverso i tergicristalli in movimento; le probabilità che lui e Roger riprendessero il filo del discorso sul futuro dell'Amsterdam Concertgebouw erano scarse. Julian era seduto in fondo al pulmino a scrutare il cottage che rimpiccioliva in prospettiva, tornando a farsi cartolina illustrata, immerso nella nebbia al di là dell'acquazzone.

Erano in viaggio da meno di cinque minuti

quando all'improvviso la pioggia defluí dal cielo, e il bosco si materializzò come emergendo da una caligine di scariche elettriche. Poi uscí il sole, abbagliante.

Irradiandosi attraverso il vetro azzurrato del finestrino, il calore inondò il viso di Catherine, dando sollievo alle guance, pizzicando i bordi infiammati delle palpebre. Scomparsa la pioggia, l'acustica del mondo tornava a cambiare: il lieve ronzio del motore emerse dal basso, e gli uccelli presero a cinguettare tutt'intorno, mentre all'interno del pulmino, il silenzio dell'assenza di Ben si andava accumulando come alito cattivo. Era orribile, ferale.

Istintivamente, per colmare il vuoto, Catherine si mise a cantare; la canzoncina piú semplice e consolatoria che conoscesse, un antico canone che cantava prima ancora di avere l'età per capire il significato delle parole.

Sumer is icumen in
Loude sing cuckoo,
Groweth seed and bloweth mead,
And spring'th the woode now.
Sing cuckoo...[1]

La voce da soprano usciva dalla gola infiammata tremula e sommessa, quasi stonata. Catherine guardava fisso fuori dal finestrino, senza curarsi di quello che gli altri pensassero di lei; potevano etichettarla come un caso clinico, se ne avevano

[1] È giunta l'estate | Canta forte, cuculo, | Cresce il seme e fiorisce il prato, | E il bosco ora è in rigoglio. | Canta cuculo...

voglia. Il terribile silenzio si attenuava, era quella la cosa importante.

Attaccando la seconda strofa, rimase sconcertata nell'accorgersi che Julian si era unito a lei, delicato contrappunto tenorile a offrire assistenza alla sua conduzione vacillante.

Ewe bleateth after lamb,
Low'th after calfe cow,
Bullock sterteth,
Bucke verteth,
Merry sing cuckoo[1].

A quel punto si era unito anche Roger, e Dagman, che non conosceva le parole, improvvisò uno strano ma appropriato discanto *sans paroles*.

Cuckoo cuckoo
Well singst thou cuckoo,
Ne swicke thou never now.
Sing cuckoo now,
Sing cuckoo,
Sing cuckoo,
Sing cuckoo now...[2]

E andarono avanti a cantare, senza guardarsi, diretti verso casa.

[1] La pecorella bela dietro all'agnello, | Mugghia il manzo dietro alla mucca, | Il toro balza, | Il cervo scalpita, | Canta allegro, cuculo.

[2] Cuculo cuculo | Canti bene, cuculo, | Non smettere mai.| Ora canta cuculo, | Canta cuculo, | Canta cuculo, |Ora canta cuculo...

Stampato per conto della Casa editrice Einaudi
presso Mondadori Printing S.p.A., Stabilimento N.S.M., Cles (Trento)
nel mese di febbraio 2005

C.L. 17348

Edizione							Anno			
2	3	4	5	6	7	8	2005	2006	2007	2008